青山绿水新镇江

镇江市文学艺术界联合会◎编

文艺作品集

江苏大学出版社
JIANGSU UNIVERSITY PRESS

图书在版编目（CIP）数据

青山绿水新镇江：文艺作品集 / 镇江市文学艺术界

联合会编 . — 镇江：江苏大学出版社，2011.12

ISBN 978-7-81130-282-0

Ⅰ．①青… Ⅱ．①镇… Ⅲ．①文艺—作品综合集—中

国—当代 Ⅳ．① I217.1

中国版本图书馆 CIP 数据核字 (2011) 第 249518 号

青山绿水新镇江：文艺作品集

编 者 /	镇江市文学艺术界联合会
责任编辑 /	汪再非　吴昌兴
地 址 /	江苏省镇江市梦溪园巷 30 号（邮编：212003）
电 话 /	0511-84443089
传 真 /	0511-84446464
印 刷 /	南京精艺印刷有限公司
开 本 /	889 mm×1 194 mm　1/16
印 张 /	17.25
字 数 /	300 千字
版 次 /	2011 年 12 月第 1 版　2011 年 12 月第 1 次印刷
书 号 /	ISBN 978-7-81130-282-0
定 价 /	96.00 元

如有印装质量问题请与本社发行部联系（电话：0511-84440882）

序

镇江山清水秀、人文荟萃，拥有十分丰富的文化底蕴和得天独厚的区位优势。长江运河在此交汇，"一水横陈，连岗三面"，使整座城市镶嵌在青山绿水之间，自古就享有"天下第一江山"和"城市山林"的美誉。无数文人雅士、骚人墨客来此盘桓流连，留下了大量脍炙人口的名篇佳作。

进入新世纪以来，全市广大文艺工作者在市委、市政府的领导下，坚持文艺工作的"二为"方向、"双百"方针和"三贴近"原则，围绕全市中心工作，与镇江发展同步伐，与人民群众心连心，弘扬主旋律，创作出一大批思想性、艺术性俱佳的优秀作品，为镇江文艺的繁荣发展作出了积极贡献。

为充分展示近年来镇江跨越发展取得的新成就，从2010年开始，中共镇江市委宣传部、市文联启动了"青山绿水新镇江"文艺创作工程，创作了一大批反映镇江发展变化的优秀文艺作品。《青山绿水新镇江》一书，荟萃了其中的部分精品佳作，犹如舒展开的一幅幅波澜壮阔、绚丽多彩的文艺画卷，这些作品不仅是镇江阔步前进、取得瞩目成就的历史见证，还给人们以精神上的享受和艺术上的熏陶。让我们一起来感受青山绿水新镇江春之生机、夏之绚丽、秋之丰硕、冬之静逸，江湖之瑰丽、人间之温馨、城市山林之特色……

历史需要见证，文明需要传承，文化需要传播。当前，在全党和全国人民深入学习贯彻党的十七届六中全会精神，深化文化体制改革、推动社会主义文化大发展大繁荣的重要时刻，我们把这些文艺的记忆汇编成册，既作为镇江跨越发展的见证，也希望通过这些文艺作品，能够向世人展示一个青山绿水的新镇江！更希望把这种城市精神汇聚起来，宣传出去，让这种精神成为激励和推动镇江跨越发展的更强大的力量！

镇江市文学艺术界联合会

2011 年 11 月

目　录

城市山林／廖松涛

悠悠金山湖

南徐树

金山湖晨曲／欧知力

生平少游历，只知脂粉气太浓的杭州西湖，文人气漫漶的南湖，早已被鲁迅先生的茴香豆、女儿红淹没了的绍兴东湖，以及飘忽着西施、范蠡身影的吴中太湖，最熟谙的还是家门口的金山湖。

三山坐落的金山湖本是长江的一角。近百年来江岸南移，芦影飘飘，经清淤筑栏，便有了北湖。也许，金山上那朵"人蛇恋"之云过于瑰丽浓厚，北湖今年更名为金山湖，于是，8.8平方公里的湖面越发的灵动迷幻了。金山湖东很禅味，很书气、很骨气；湖西则很柔情、很女儿气；而湖中则很苍凉、很丈夫！我与氤氲的金山湖时有不期之会：常欲借一扁舟向左，向右，或撑向过去，或撑向未来。

去湖东焦山，最宜借三尺扁舟。披一肩江南秋雨，撑一蓝布小花伞，过待渡亭入浮玉湾，待一篙划破水底的游云，山气带着水气，桂香夹着禅香扑面而来，人便渐入禅境了。弃舟登岸，山门迎迓，苍苔径滑。立于与定慧寺齐老的银杏树下，眼前顿然一亮，那晶莹的雨霰和千千万万的金色扇形小叶，正上下翻转，是意欲吹

开世人眼前的色色引渡慈航吗？在落叶上行走便是步步金莲了？小心地、一步一叩首地拨开黄叶，捡起雨后落地的银杏果——银杏树又称佛树——于是就欢欢喜喜地捡到佛果了！悠闲地持几粒银杏在手，放生池里鱼儿在喋喋，古银杏在絮语。走在空寂无人的山寺粉墙中，听一串串山鸟从容抛下的唧啾，听回荡着的呗音梵唱，此时不信禅的人也入禅了。

忽然一叶铿然落下，幽思从禅中逃出，蹲立在焦山一角的炮台乌黑，一百多年前这里的山民、清兵曾与侵略者浴血奋战。一位远隔重洋的伟人说："……如果这些侵略者在别处也遭遇同样的抵抗，他们绝对到不了南京"——那便是鸦片战争！

云堂鼓钹。披拂着一身花影桂香，绕过廊前榭下。碑林里碑碣成行、琳琅荟萃。点划飞动有王者之风的瘗鹤铭亦如焦崖西麓三诏洞里的焦公，在中国书界、在帝王面前坚挺着他们如山的脊梁。不过焦山向来也很布衣，不信请试听板桥先生在自然庵中读书时的吟哦："静室焦山十五家，家家有竹有篱笆。"

清磬敲过唐宋元明清，敲响在国内四大禅寺之一的江心禅院！

其实，山和寺都是无所谓前世今生

的，禅，信其有，就无所不在。我于佛
祖无求，也从不烧香拜佛。人只要善，
便入禅了！一回首即是百年千年，千百
个轮回俱在佛祖的菩提树下、在佛祖的
博大睿智之中。

再一篙撑进苍茫的北固湾，绕过新
近造出的廊桥栈道、华东第一大鼎，跟
着天上的风筝，长篙划破莽莽苍苍的山
影与弯弯曲曲的涟漪重叠，人便进入了
历史。

北固山后山门前有联："地阔
天宽江山雄五岳；沤浮浪卷栋宇自孙
吴。"此山很久前一定是耸天拔地的
吧。眼前有天下第一江山之称的北固山
并不太高，甚至很袖珍，但很苍古，也
很雄奇，当然，我们仍不难读出其险峻
和峭拔：分明是一座凌云亭，被孙尚香
哭成祭江亭，最终成为其堕江亭；多景
楼，被一曲《南乡子》成就了辛稼轩的
千古一叹；北府兵、祖生楫的典故都源
于这里；文天祥在北固湾出逃；一个个
帝王，一个个文人士大夫曾在这里驻足
叹息……所有这些都道尽了一水中分、
一国纷争的辛酸况味！镇江自古便是兵
家必争之地。曾几何时，血雨腥风，镇
江竟成了江南的最北端！凭栏北望的游
子们面对滔滔江水不能归去，于是就有
了汗牛充栋的诗文叹息！谁又曾想过
千百年之后，滚滚的江涛之上，斜拉桥
倚天飞跨，以车作舟了呢！千年余一眼，
那悠悠的桨橹欸乃哟……

北固山有寺无僧，甚至无佛。据说
是因了孙权母子同在烛前祈求佛祖：一
个要杀刘备，一个要保刘备，佛祖为难了，
一声长叹一甩袍袖走了。试想仙界尚且
如此，人世又何以为堪？兴许是听了太
多的叹息，经历了过多的风雨，刚从石

径缝中钻出来的书带草和小雏菊们，都顶
着一头严霜，仿佛还未出世，它们就已经
老了！道旁附着女萝和虎刺的山树们也多
不高大，都恣意地在山坡上盘旋虬曲、结节
硪砑地猱蹲猿立着。若逢雪天，在雪中静穆肃立
的它们，很能让人想起传说中孙尚香的招亲之
夜，帐下设列的武士伏兵。

北固山最宜看雪。雪时，纵横上下，远山
近水尽收眼底，那被积雪勾勒出的山林城市，
浓浓淡淡、近近远远，山路上走的都是踏雪之人。
面对江天一色，人仿佛都洁净了许多。倚
天极目，正是"舟一芥，舟中人两三粒而
已"——一幅晴雪快意图！

江南烟雨，向来了无痕迹。舟过西津湾，
一篙滑入塔影湖，豁然开朗，正是"落霞与
孤鹜齐飞，秋水共长天一色"。在芙蓉楼上
最宜品茗闲话。湖上荇草参差，锦鳞游泳。
荷们各具情态：或滚动着时聚时散的珠露，
或高擎着荷盖呵护着尖角小荷，而那些着了
妆的粉的、红的、白的荷们则又似环佩叮咚、
拖裙曳裾的仙子，三三两两地簇拥、嬉笑着
凌波而来，至于有些开久了的荷却又如刚出
浴华清的妃子，慵慵地一副弱不禁风的样子。
张扬着个性的荷们在寂静的塔影湖上，似一

静河塔影／孙炜

定要闹出一点故事。谁能记起板桥先生当年的诗句"苇花如雪隔楼台，咫尺金山雾不开。惨淡秋灯鱼舍远，朦胧夜话客船偎……"呢？当时，这里沙滩芦苇一片，心境落寞、四十多岁尚未步入仕途的板桥先生想不到现在这里会月桥花院、芙蓉楼重建吧？

忽然，一阵急雨伴着《广陵散》洒向湖心，水里的小石潭、玉带桥、角亭、金山塔都震颤起来。透明的边厅里一白衣少女正在弹古筝。能在这里守住寂寞的人一定是很美的吧！留下千古名句的王昌龄仙去已逾千年，空无一人的芙蓉楼每每在落寞之中，不知究竟是诗以楼名，还是楼以诗名？但有一点可以肯定，人们绝不会忘记创造了灿烂文化的人。

夜深了，江上一幅特大的金山水墨剪影耸立着，白娘子岛、许仙堤传来阵阵歌声，灯红影绿，五光十色。被霓虹灯勾勒出的西津湾里，伫立着杜秋娘千年守望着银山的身影。真想结个小庐，卧听金山湖，宁梦着，我醒着；抑或我梦着，它醒着，流向未来……

禅云沐金山／向英

招隐听鹂／孙春和

南山雪霁 / 唐艳

望江南

汪向荣

　　晴日，站在同一个地点再望，视野一下就敞亮、通透多了，那山就像急急约会的女子，撩开朦胧的纱幔，亮出柔美的体姿、俊俏的面孔，落落大方奔跑过来，近在咫尺，都听得到低低的声息，此刻，只需轻轻一拽她的衣袖，那连片的山峰就会顺势拥入怀抱，一声撒娇的"啊哟"，几缕淡雅的发香，酥酥地软化着心灵，反而让你不好意思地退让，此时心里又想：江南真这么近吗？

　　阴天，站在仪征泗源沟向东的江堤上南望对岸的镇江，总是淡淡的笔墨，若隐若现，把真容罩在朦胧的烟岚里，一言不发，一声不吭，藏了许多谜，望不清，看不透，心里就想，江南那么远吗？

小九寨 / 杨翠萍

忽远忽近的江南，就像一只不安定的鼓槌，时不时敲击你的心鼓，亦真亦梦的江南，好似久违的朋友，冷不丁会将亲热的手搭上你的肩头。望江南，就会望出扬州八怪郑板桥的佳句：那一天他来到江村，烹龙凤茶，烧夹剪香，令友人吹笛，作《落梅花》一弄……大饱口福、耳福，飘飘欲仙不说，那一刻，郑板桥并不昏花的眼睛里装的又是何物何景？"江雨初晴，宿烟收尽。林花碧柳，皆洗沐以待朝暾；而又娇鸟唤人，微风叠浪，吴楚诸山，清葱明秀，几欲渡江而来。"究竟是江南禁不住江北茶的浓香、笛的呼唤，渴望北上，共享雅趣，还是先生本人迷上了江南，胸中藏了无数只兔子，南山未动，是他的心在动？

再望江南，垂悬着的诸峰，横溢着的江流，又成了仪征客厅前的一幅活泛巨轴了。清代画家诸乃方将真州（仪征）四时八节的美景绘制成彩图，各题诗词一首，从"东门桃坞、西浦农歌、南山积雪、北山红叶"直到"天池玩月、仓桥塔影、资福晚钟、泮池新柳"，如今，其他七景或因兵燹或因水灾或因人祸，俱已不存，唯独南山依然，冬景依然，大雪骤降，银龙静卧，娇娆如屏，春来雪融，黛中留白，清丽可人，正所谓"江南诸山银妆里，冰清玉洁一画屏"。

只要南山还在，只要冬雪还来，这江南的奉献，这上天的写意，就永远会成为江南送给仪征的一份大礼，让江北这边的文人墨客不由自主向江南发出"酒约"：晚来天欲雪，能饮一杯无？

望江南，望出了静雅脱俗的千秋美文；望江南，望出了无需装裱的天开图画。但，望，总是一个远观的角度；望，总是隔江借景的欣赏，总是会在视线之外，存有更大的妙思，留下更多的奇想：什么时候让一船从仪征向镇江渡去；什么时候，从镇江有一舫向着仪征进发，由两船甲板相连，贴着中线，泊在江心，不偏不倚，左为江北右为江南，就搁下一圆桌，放上镇江的肴肉、扬州的风鹅、十二圩的茶干，拿上丹阳黄酒、真州曲香、恒顺香醋，如此荤的、素的、香的、辣的就齐了，并且将这些属于江南、江北的地方风味都烩在一锅里，借不

南山晨霭（组照1）／何克

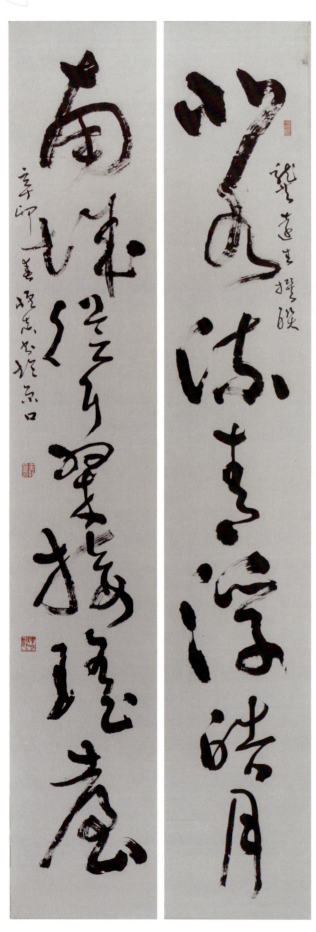

龚远生 撰／金恒真 书

南不北的风儿鼓起的火焰，让肉香、豆香、酒香、醋香在升温、融合、沸腾中融为一体，让江南与江北不分你我彼此交汇成可口的浓汤。坐在一起，说在一起，唱在一起，笑在一起，口干了，舌也燥了，那就用江南的沸泉泡上江北的绿茶，让所有的话题都飘着清香；酒，喝完了，茶，饮罢了，分离时，就用江北的芍药约会江南的朋友，让彼此的思念不再是雾中看花，这样就真正你中有我，我中有你了。

既然走近了、贴近了，我就知道江南做东，抑或江北坐庄，把脚步扎扎实实踏在彼岸的日子为期不远了。何时成行，今天还是明日？只有两岸双唇永远湿润的长江知道，它会说：山不老，水未断，其实你的心中早已装了我，我的心中早已有了你。随遇而安最好，随缘相逢最好。

绿水一湾雄北固 青山数座观南徐

青山数座观南徐

绿水一湾雄北固

辛卯春月润江之峰撰书

蒋光年 撰书

辛弃疾 词／马宏峰 书

人在绿云中

梦知

晨／唐和林

"车行花海上，人在绿云中。一曲江南笛，绕楼随好风。"一位"喝过两天墨水"的市民，徜徉在小区的花园里，吟出了这首小诗，他说这就是镇江如今的城市面貌。"现在开门就见绿，五十步有花园，真是惬意！"他说。

是啊，他说的基本上不夸张。

一条条道路绿化带上，红花继木、大叶黄杨、紫叶

花吐艳，天空中各种鸟儿穿来掠去，啾啾鸣唱……清晨，绿地里拳声剑影，器材上虎跃龙腾；傍晚，广场上足球箭行，轮鞋翻飞，公园里歌喉婉转，器乐悠扬，舞姿翩跹……

风景区——城市的绿肺，镇江的绿库，则更是绿意鳞次栉比，风景美不胜收！

元人冯子振盛赞金山："江流吴楚三千里，山压蓬瀛第一峰。" "胜过蓬莱仙境"的金山，慈寿塔翼然，留云亭飘然，妙高台悠然，华严阁凛然，白龙洞森然，如今，旧景修复一新，风采依然；新景雨后春笋，面貌焕然。

唐人李白自焦山望松寥山，振臂呼道："仙人如爱我，举手来相招。"焦山的魅力

小蘖、杜鹃、月季、连翘……嫩黄浅绿，姹紫嫣红，将绿意丹情绵延成人们口中长长的赞叹；悬铃木、广玉兰、四季桂、女贞、紫薇、香樟、海棠……绿荫如盖，繁花似锦，香气馥郁，把城市精气神拉伸做人们心头深深的情思。

一个个小区里，绿地上小草如茵，道路旁高树成行，公园里花团锦簇，阳台上盆

夕阳伴归／刘瑜

令诗仙直欲在此"登仙"呢！焦山古称浮玉山，尊称"书法山"，摩崖石刻、瘗鹤铭誉满中外，焦光三诏不起的高行光耀千古；焦山的银杏"不偕桃李东风艳，一片银心自古来"，焦山的桂花如"月中数粒坠尘泥，满把馨风溢岸堤"，焦山的红枫亦爱书法："叶成指爪为持管，艺到惊人方肯红"。如今，九曲栈道蜿蜒江畔、十余座"古桥"静卧水上，更添"浮玉"魅力。

当年，宋人辛稼轩登北固亭抒怀："何处望神州？满眼风光北固楼"，令北固山声名远播；刘备招亲的传说亦令甘露寺闻名遐迩。当今，市政府又动大手笔闭门修缮，业已初见端倪。规划中北固楼金碧辉煌，凤凰池波光潋滟，连沧观临江巍然，山雄水秀，垣固塔耸，红蕾绽粉，绿枝扶疏，一派古意新容。

今人梦知屡入南山登高感赋："频入先贤高隐地，心尘未净不言还。"南山，峰高壑深，山静林美，古迹多，高士众，文人墨客偏爱者也。萧统静心纂《文选》，戴颙听鹂谱《游弦》，米芾拜石创"云山"，寄奴山下曾耘田……登南山，能使心静，能令情高，能让人贤。如今，

低碳婚礼更时尚／宋建设

南山在修复旧景点的同时，又崛起了不少新景观——登临飞云阁可发思古之幽情，悠游梅花岭可赏红梅翠竹之倩影，漫步西入口可览九华山、莲花洞、八公洞之胜境……南山重新崛起的跫音早已敲响京口大地。

打开镜头，镇江市民还可拍摄到西津渡、金山湖、北固湾、宝盖山绿地、狮子山公园、花山湾古城公园、牌湾绿地、山巷广场……山山绿满，水水碧透，亭台楼阁巍峨气派，叠石堆土玲珑剔透，诗词楹联墨香扑鼻，令人徜徉其间，流连忘返，钟爱之情溢于言表。

如今，市民游春赏夏吟秋望冬，四面皆绿，八方有景，开门见树，举目有花，抬头彩鸟啁啾，低头碧波荡漾，真个生态城呼之欲出也！

那位市民的小诗"车行花海上，人在绿云中"，告诉人们这座古城正在绿起来美起来；"一曲江南笛，绕楼随好风"，是老百姓悠闲、美好、幸福生活的真实写照。

江南忆，最忆古京口；江南好，最是新镇江。

工地（组照 1）／黄龙宝

镇江，一座让人跌进梦中的城市

羽 佳

满城尽飘国旗红／石小刚

去年我走进了镇江。这是第二次，相隔已经二十几年。

面对这座长江和大运河两大水系交汇的城市，我的心再次一下子跌进梦中。梦中无数次出现的那些场景，在这里变成了现实。

于是，在那个春季飘红、诗意绵绵的雨季，在不同场景，我脑海里不断涌出下面这些句子。

打着油纸伞，身着现代装束，有着明媚脸庞的姑娘从我身边翩然而过，留下的是南方姑娘的秀气和在我这个北方人听来似乎带有水韵的江南乡音。不由得让我想起这样的歌词："从水边迤逦走来，走入烟雨蒙蒙的图画。你那袅娜的身姿，是碧玉妆成的新柳，你那娇美的容颜，是笑立春风的桃花。你那轻灵的双眸，是融尽冰雪的水波，你那水般的气息，是微雨过后的芳华。静时，有荷的风韵……"置身这样的场景，我忘记了欲望。

在现代化高楼以及修旧如旧、成片新建的老建筑面前，我一边仰望着大厦的威严，一边欣赏着一色的青砖间砌着几排红砖的老式中国建筑的庄重。大西路，

曾经的老镇江商业聚集区，它现在保持的，依旧是数十年前的光景。在这样的氛围，我忘记了急速流逝的时光，迷醉在领事馆旧楼，青砖白石灰勾缝，红砖的装饰腰线，凸出的拱券，欧洲变体古典风格的老虎窗，和旁边崭新的风格相似的镇江博物馆一起，弹奏起一首曾经熟悉的曲调。在新旧两重天里，我难以找到忘却的感觉。用脚步丈量着通向西津古渡古色古香的石板路，穿行在上上下下石径中的唐代码头、宋代街道、元代石塔、明代酒肆、清代救生会，凝视着古色古香的"长安里民国元年春"、"吉瑞里1914"以及"同登觉路"、"共渡慈航"、"飞阁流丹"的题刻、牌匾，我仿佛走进了时光隧道；沉浸在"甘露寺刘备招亲"、"白娘子水漫金山"的传说里，低吟着"何处望神州，满眼风光北固楼"、"洛阳亲友如相问，一片冰心在玉壶"、"我劝天公重抖擞，不拘一格降人才"等历代文人墨客在镇江留下的名篇佳句，我忘记了21世纪里的红尘挣扎；在摩崖石刻那个略带悲壮却很好地诠释了人类爱惜鸟类的故事

碑文面前，我甚至忘记了带回自己的心。

因此，我也就忘记了一切一切。但不知为什么，我却永远无法忘记——青山绿水中的镇江，以及她生态、宜居的个性。

直到夕阳西下，来到市中心，凝视着傍晚玫瑰色的天空，看着车水马龙的道路、高耸入云的高楼大厦，以及商场饭店门口那些闪烁的霓虹，我的心被青山绿水环绕中镇江的飞速发展震撼；被这个现代化却又保留南方水乡传统的城市震撼。

走在从薄雾中醒来的镇江，随着镇江人的脚步去不知名的巷子里吃上一碗锅盖面，看着巷子边有的人家端着一碗水泡饭吃得津津有味的模样。傍晚，返回在夕阳洇红的街道，看忙碌一天的镇江人坐在门口的竹椅上，就着一碗煮豌豆，美滋滋地喝啤酒惬意享受休闲时光，我忽然明白，这才是曾经安逸过的古城应有的遗风。

镇江正以城市山林、大江风貌的姿态日新月异着。

记得在米芾墓前，我始终没有搞懂这位原籍襄阳的宋代著名书画家为什么会选择在镇江的一处小小山林终了此生。直到如今，我才突然明白，无论在米芾生前身后，镇江的青山绿水早已成为异乡隐士们集中的理想之土。我相信，新的镇江能够吸引更多的名人高士。

因为这座美丽的城市，发展中保存着传统，安逸中隐含着勃发。

同时，透过拔地而起的高楼、宽广整洁的街道、现代化的城市交通，以及远离市区的厂房，和那些正在逐步开发的景点，我又看到一个飞速发展、快步前进的镇江。

反差／孙悦萌

南山晨雾（组照2）／何克

城市山林 / 杨宪华

镇江，无处不绿

邹鸿喜

绿，满眼是绿。

焦山，浮玉的润绿；北固山，耸峙的黛绿；金山，玲珑的翠绿；云台山，沉静的闲绿；宝塔山，樱花点缀的娇绿……

扬子横陈，春来江水绿如蓝；运河穿城，绿柳蜿蜒似青蛇。

你溜达在大大小小的公园广场，芳草萋萋，恰似绿洲；你漫步在宽阔大街的人行道上，绿荫匝地，如影相随。

十萬家鐙火照朗水嶂

歲在辛卯年就蓉錦王世淳聯句

三千里舳艫駛向蓉天

你随便拐进深深浅浅的青石小巷，新宅老院里会不时伸出虬枝绿叶。你会遇见一株株参天古树，绿得幽深，似乎从树梢一直绿到了地下，走近看时，树根处布满了绿茸茸的青苔，钻进了墙缝。

是啊，你抬眼环视镇江任何方向，浓浓绿意扑进你的怀里；你信步走到镇江的任何角落，空气里的每一处凹凹都填满了绿色的味道。

知道吗，地球上的生命一开始就是绿色的，从单细胞到多细胞，从海洋到陆地，有了小草，有了森林，有了动物，有了人类。

绿色，是生命的颜色。

我踏着一级级新铺的石阶爬上了绿荫如盖的宝盖山，一位在梧桐树下遛鸟的老头儿老远就乐呵呵地和我打招呼。他祖上从苏北逃荒到镇江，几代人住在宝盖山北麓一排破油毛毡搭起的滚地龙里。那时的宝盖山，满坡荒草狗遗矢，残林萧疏鬼唱歌。而今，老人家和邻居们已喜迁新居，曾经的穷山已整治得

王世淳 撰／朱正伦 书

焕然一新，成了居民们绿色的乐园。宝盖一般平坦的山顶上，一排排运动器械让练腰板的老人再也不用和树干"拼命"了，而那些打拳的、跳舞的、甩抖嗡的、打羽毛球的、吊嗓子唱戏的，各显身手，好不热闹。满山栎、樟、松、槐，或斜曳，或矗立，无论近看远眺，都那么丰茂错杂，苍翠宜人，简直绿到老百姓的心里面去了。

　　长江边有一个河汊，多少年来，横流的污水裹着烂菜死鱼，和工厂的排泄物在水面上编织"五彩云霞"，怎一个脏、乱、臭了得。到了汛期，暴雨如注，江水飙涨。为查堤漏，在泥水里滚了十几个日夜的抗洪者乱

避暑山庄　天池／耿一林

了方寸，决定斩树拔草，于是，眼前唯一的一点绿彻底消失了，岌岌可危的泥坝便成了赤条条的土光棍。前不久，我走过这处叫虹桥港的地方，第一时间我便被绿醉了：不远处，那焦、象二山隔江而立，"参差上下一江树"；近处，那大片潮绿的湿地上，芦荻在浩荡江风中翻腾碧浪；当年的黄土堤坝变成了宽阔的柏油大道，沿江汉白玉栏杆下，石驳壁立，固若金汤。江河交汇处，一座白玉带桥碧波凌空。一路走去，到处笑青吟翠，绿树婆娑，艺术小品点缀其间，就像一幅没骨画，只用绿色渲染。这片曾沦入恶水之伍的小港湾，现今端的成了步移景换的沿江绿色风光带。

实际上，翻开镇江的地图，十几座大小山头，几十处河湾水泊，哪处不松篁掩映，哪里不葱茏灵秀？

当然，要领略镇江真正的大绿、浓绿、深绿，那就往南去，那里有一条绿色大道，一片绿色峰峦，一座绿色新城。

在一个细雨蒙蒙的下午，我偕好友徜徉在南徐大道上。宽100米的朗朗阔道，大气磅礴。两旁香绿的樟树蓬勃繁茂，绒绿的法桐挺拔傲立，中央隔离带上的青松苍翠欲滴，微风过处，似乎飘着的雨丝儿也是绿的。

"左边是青山、绿峰；右边是绿峰、青山。山阴道上，接应不暇。"具有诗人气质的好友舞着双手高声赞叹："磨笄亭下女娉婷，寄奴冲天黄鹤鸣，五洲烟雨南宫笔，戴颙双柑鹂声听，昭明书台著文选，季子遗风吴山寻。这哪里仅是一条绿色的大道，简直是一座巨大的文化廊桥啊。"

赞成朋友的比喻。但我又觉得我们更像是走在一条绿色的时光隧道里，隧道的一头，连着一座千年的老城，那里有大字之祖，有铁瓮遗址，有梦溪庭园，有西津古渡……而隧道的另一头，连着一座正在崛起的世纪新城，有行政枢纽，有文体中心，有商贸大厦，有连片社区……株株新栽树木将融入森林公园一起倾吐绿色情怀，大片新铺绿草将和绿肺氧吧一道咏唱生命的诗篇。

南山晨雾（组照 3）/ 何克

看吧，一幅打造"山水城"、"生态城"、"花园城"的宏伟蓝图次第展开了。绿色，是镇江的新思维；绿色，是镇江的主旋律。打造绿色 GDP，建设绿色新家园，一座现代城市文明和绿色生态环境协调发展的人间福地呼之欲出。

镇江，无处不绿。

镇江，永沐绿色。

感谢造化钟神秀，赐给镇江诸多岩山岑岭，绵延水岸，获得"天下第一江山"的美誉；感谢一代又一代先贤智者、鸿儒硕彦，为这座"城市山林"留下了无数传世经典、千古绝唱。但是，我们能仅仅满足大自然的赋予，无所作为，饕餮资源吗？我们能总在发思古之幽情，故步自封，消费历史吗？

"江山也要伟人扶，神化丹青即画图。"谁是伟人？谁正在让我们的故乡绿得更加出神入化？那就是我们——建设新镇江的决策者们和劳动者们！

性空世界／武正立

山水有灵是镇江

郝雯雯

最是那杨柳抚岸堤，楼台烟雨迷的柔情，好似江南最美丽的画卷，带给你数不尽的倾心、数不尽的神往。最是那淡雾中浓墨的青山，暖日中清亮的鸟啼，好似白衣仙子，如远山的眉黛、如仙曲的清吟，带给你恍如隔世的梦幻、

余音不绝的震撼！最是那

炊烟袅袅的人家，山水有灵的造化，融合成这金山焦山北固山三山脚下，小桥流水夕阳下滚滚长江边的美丽之城——镇江！

画中游／孙薇

最难忘却金山美！山水秀丽，树木葱绿，玲珑怡然之气恰似女儿的柔情，却比那男儿胸襟更胜！古时，梁红玉擂鼓战金山，那份女子的豪情气魄演绎了一部巾帼不让须眉的传奇。皓月当空，乘一叶扁舟而行，山水之间，把酒言欢，情动之处，才有了苏东坡"但愿人长久，千里共婵娟"的千古佳句。古刹钟声，佛门圣地，金山寺里白娘子为爱酿成悲剧，千年等一回

金山你好／柴樵

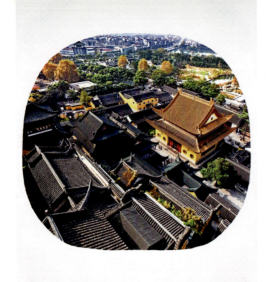

锦绣镇江（组照1）/梁家合

的执著，水漫金山寺的无悔，这千年的金山曾经承载了多少世人的眼泪？

修竹深深，碧玉浮于江，焦山的美美在浑然天成，古朴典雅之至！独立中流喧日夜，万山无语看焦山。焦山砥柱中流的气势令古往今来多少文人墨客尽折腰，一百二十余方摩崖石刻、四百六十多方碑刻的宝墨轩成就了焦山"书法之山"的美名。

万木丛中掩映着一千七百年的古寺，那聪灵通慧的气象怕是感染了功绩卓著的康熙大帝，才会赐名它定慧寺！丹桂飘香的时节，蜜蕊映红霞，暖黄色的余晖照映着焦山最灵动的桂花园，缕缕清香好似世间最柔软的细绢拂过面颊，令人心旷神怡！

北固横江尽，东南第一洲！风光壮丽，气势恢宏，北固山满怀着豪情壮志、凌云气魄凭江而立，使君宏放，谈笑洗尽古今愁！古来英雄皆豪迈，如北固山上的卫公铁塔一般铁骨铮铮，而三国纷争之时的英雄豪杰又在此使尽了多少权谋？那山中的甘露寺还能否依稀见到刘备大婚的场景，那夜深人静之时还能否听到周郎赔了夫人又折兵的扼腕之声？何处望神州，满眼风光北固楼！英雄豪杰不管曾经是怎样的豪情壮志，都如滚滚长江水一般在历史洪流中东流而去，唯有这天下江山第一楼的北固楼仍然屹立如初，等待后人登楼而望，谱写更加不朽的壮丽诗篇！

江南唯美，绿水桥边多人家，亭台楼阁美如画。划一叶小舟，临风而立，体会迢迢绿树江天晓、霭霭红霞晚日晴的暖意；骑一匹骏马，走马观花，感受乱花渐欲迷人眼，浅草才能没马蹄的欣喜；观一座庭

园，随心游走，幻想墙里秋千墙外道，墙外行人墙里佳人笑的悸动莫名，人生真是快意自在！日出江花红胜火，春来江水绿如蓝，此情此景不能不忆江南，更加不能不心向往之，我只愿幻化成一只飞鸟飞抵江边，静静守住这绝美风景，静静欣赏这自然造物的倾城容颜！

镇江，这唯美的江南山水之乡从历史深处款款走来，每一步都是风姿绰约、绝代芳华，令世人仰慕不已，赞叹不休。钟灵毓秀的镇江，兼具着诗人的豪情万丈和美人的柔情万种，南城北水的布局，就好似聪慧的镇江人为镇江描画的眉黛，让她更添风姿！山水花园般的镇江正在一步步建筑她天下第一江山的无限气魄与魅力！

金山瑞雪图／王小军

龙舟竞赛金山湖 / 叶钟

江中浮玉／周民礼

金山红外／谢戎

大江风貌入画来

朱方王子

仁者乐山，智者乐水。镇江，一座真山真水的历史文化名城，因山而兴，因水而名。真山真水，是这个城市的福祉！

然而，岁月流逝，沧海桑田。一座与长江亲近了几千年的古城、一座占据着黄金十字水道的古城，在泥沙的不断淤积下，竟然离长江的主航道越来越远！离声声汽笛越来越远！离美丽的大江风貌越来越远！

曾经波涛汹涌的江面，如今变成了芦苇丛生的荒凉滩涂，七零八落的鱼塘，硬生生地堵住了我们的视线；昔日舟楫相渡的繁华西津古渡，成了无人问津的颓圮古街；那惊涛拍岸、名闻天下的"天下第一江山"北固山，险峻雄伟一去不返；曾经坐拥江水的金山，早与陆地相连，"水漫金山"的胜景成了人们久远的怀想。

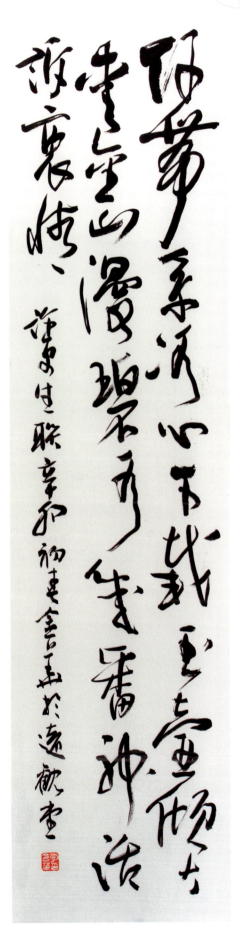

许更生 撰 / 李金华 书

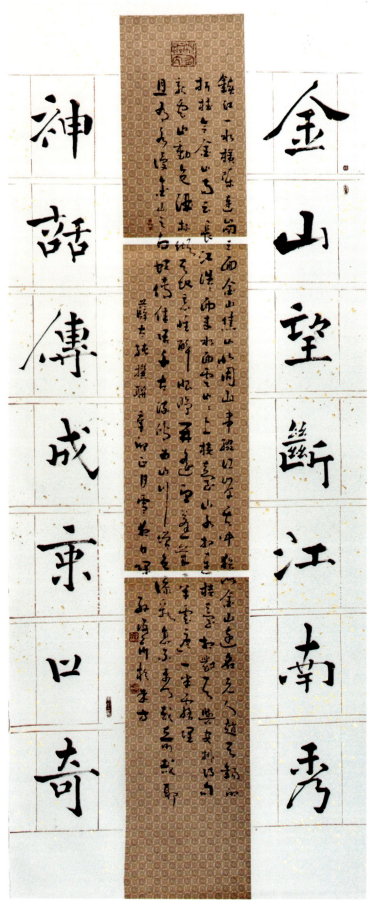

金山望断江南秀

神话传成东吴奇

薛太纯 撰／孙海莎 书

金山传说／唐艳

建设北部滨水区，让滩涂和鱼塘还原为美丽的江景，让水再一次来到身边，让水唤醒"三山"美景，成为多少镇江人的梦想！

几年来，北部滨水区工程的建设者们，运用汗水和智慧，克服了征地拆迁、渔民安置、建设融资等一个个困难；采用水生态修复、内江控制等一大批科研成果，破解了施工围堰渗水、深层泥沙影响桩基强度等一道道难题。一个美丽壮观的北部滨水区逐步呈现在我们的眼前。

初夏时节，我登上了驰名中外的金山慈寿塔，极目北望，长江主航道宛若玉带蜿蜒东去，凝神谛听，微风有信，传来浩瀚长江不绝如缕的涛声；眼前的金山，香烟袅袅，钟声悠扬，古刹在阳光下熠熠生辉；昔日的鱼塘和工厂不见了，金山湖内曲桥流水，亭台楼阁，奇花异草，绿树成荫。当我信步漫游其中，才真正感受到新建成的白娘子爱情文化公园的独特魅力。整个景区波光潋滟，景色宜人，人潮如涌，笑语欢声。一对对情侣漫步在许仙堤和白娘子岛的幽静氛围里，感受着至真至纯的爱情；一群群游客或驻足于造型别致的木栈桥上观赏湖面风景，或穿越水上杉林欣赏水生植物特有的灵动色彩；孩子们在波普旱冰场内滑上滑下，喜笑颜开，在沙地上或赤脚踩沙或掬起一捧捧沙子嬉戏玩耍，在月亮湾大型沙滩充气城堡上大蹦大跳，乐在其中；一艘艘水上快艇劈波斩浪，在平静的湖面疾驰而去，划出的一道道波浪，拍打着堤岸，把游人们带入到水漫金山的醇美意境之中。

循着滨江线，我来到了北固山。盘踞在北固山下的两座工厂已经搬走了，取而代之的是一片绿色的海洋，它成为镇江城新的"绿肺"，成为镇江百姓又一个休憩的好去处。登上北固山远眺，通透的视野中，湛蓝的天空下，长江波光粼粼，船来船往，汽笛声、马达的轰鸣声幽幽传来。西面的长江路果如珍珠项链，把江岸点缀得五彩缤纷；向东望去，焦山万佛塔一塔耸立，整座山绿树密布，千年古刹的黄墙黑瓦时隐时现，真如一块浮玉漂在江中。新建的滨江湿地保护区，水波不惊，风景宜人。弯弯曲曲的栈桥向江心延伸，亲水平台造型雅致，各种叫不出名的水草一丛丛、一簇簇，点染出满目的绿意和无限的生机；时而，芦苇荡里惊起几只白色的水鸟，"落霞与孤鹜齐飞，秋水共长天一色"的美景又一次呈现。

三山相望千百载，今朝玉带一线牵。北部滨水区，就是这"玉带"的制造者。

我在饱览胜景的时候，看到许多工人在江边不停地忙碌着，北部滨水区还在紧张有序的建设中。我相信，不远的明天，北部滨水区将成为一条风光迤逦的滨江旅游风光带，它用美丽的江景把金山、焦山、北固山从陆路和水路双向相连。到那时，人们可以更加亲近地坐拥云淡风轻的江天美景，更加尽情地饱览如诗如画的大江风貌，徜徉其间，定会令人心旷神怡，宠辱皆忘！

北部滨水区，一项泽被后世、福祉百姓的民心工程！一条展示大江风貌精美水墨画的走廊！一张独具魅力与风情的城市名片……

荷香溢满庭／于桂兰

李强 撰／张胜冬 书　　　储质卿 撰／笃之 书

张志强 撰 ／ 吴宏昀 书

运河春晚／熊招华

青山绿水，让镇江更美

闰水

镇江，地处长江与京杭大运河的十字路口，风光旖旎，钟灵毓秀，是具有真山真水的"城市山林"，素以"天下第一江山"而名扬九州。

山和水是镇江的特色，也是这座古城的灵魂。让古城的山更亮丽，让古城的水更灵动，就要彰显其自然生态的独特魅力，将古城打造成最适宜人居的山水城、生态城和花园城。于是，一个"显山露水，透绿现蓝"的总体规划酝酿出台了，成千上万的城市建设者担当起装扮古城的重任，开始实施史无前例的大手笔。

　　说到"山"，人们往往提及金山、焦山、南山、北固山，似乎只有它们才能成为镇江的名片。其实，正在推进的"青山绿水"两年行动，镇江主城区内的11座青山也将旧貌变新颜，成为一张张宣传镇江的新名片，成为一个个令人流连忘返的美丽公园。

　　让我们用游客的目光去打量一下新象山吧。在焦山对面，一座开放式的象山公园突显在眼前。山顶的景观亭重檐庑殿，引人注目。登临亭内小憩，举目远望，焦山胜景一览无余，美不胜收，让人情不自禁地联想到"江山无限景，都取一亭中"之意境。漫步滨江长廊，观赏象潭飞瀑，徜徉象山古渡，凭江临风，碧水微澜，浮玉近在眼前……无不让人体验象山自然生态之魅力，以及历史文化之个性，对"还山于民、还绿于民"的亲民理念倍感亲切。

　　如果说"山"建构了镇江的雄浑与伟岸，那么"水"则赋予了镇江灵动与缠绵。水，作为镇江的一张重要名片，不仅奠定了古城在历史长河中的地位与作用，而且成就了古城曾经的鼎盛与繁华，积淀了古城厚重的历史与文化，让镇江名列"中国历史文化名城"之林。

三思桥／常卫平

　　说到"水"，不能不说"一水横陈"的长江。镇江北沿长江建城，北部滨水区的水域和滩地面广量大，原先就是一片芦苇滩，想与长江亲密接触都比较难。现在不一样了，西起润州路，东至航信路，南到长江路、禹山北路，总面积达61平方公里的滨水区经过全面改造建设，建成了湿地体育公园、内江湿地公园、滨江风光带等众多风景亮点。随着旅游专线道路工程的开通，它与长江路连成一体，把金山、焦山、北固山"串"成一线，方便了市民与游客的观光赏景。坐上滨江旅游专车，可以零距离地感受沿江的自然风光，品味镇江古老的文化底蕴。

　　春日的周末，我兴致勃勃地走进北水。晴天碧空，垂柳依依；三山倒影，山水如画。无论身在何处，满眼尽是花香草绿的江南美景。江风习习，江水清清，浪花轻轻拍打着江堤，昔日逼近江岸的芦苇悄悄退到远处。偶尔驶过一艘洁白的小艇，在水面带起一碧流韵，让你抛却烦恼，心生快意。走在诗画般的水景中，轻声低吟柳永的《如鱼水》："轻霭浮空，乱峰倒影，激潋十里银塘。绕岸垂杨。红楼朱阁相望。芰荷香……"不免有些陶醉，对镇江的"水文章"赞赏不已，对那些创造美的建设者充满感激之情。

　　何处望神州，满眼风光镇江游。青山绿水的新镇江展示给你的，是历史文化名城的底蕴，是国家园林城市的风采，是中国优秀旅游城市的新装。相信无论是镇江市民，还是远道而来的游客，都会对这座江南名城情有独钟，流连忘返。

镇江音乐节（组照1）／谢戎

金山湖畅想曲

二〇一〇年八月新盛書於大港

金山湖畔／汤新盛

建设中的京沪高铁（组照1）／吴呈昱

建设中的京沪高铁（组照2）／吴呈昱

礼花／张苏生

古街印象／诸培培

风过小城一路香

郭 韵

我常常在晴暖的日子，骑着单车或步行穿过小城，欣赏阳光下小城的宜人风姿。

阳光温柔，像小城的女子，所到之处，连景物也明丽起来。小城已有三千年的历史，民国时，是江苏的省会，如今街旁的那些民国建筑，时不时飘散出古色古香的名城底蕴，让你闻到历史的味道。不宽的马路上，车流缓缓行走在暖阳里。路边的香樟和法国梧桐如一顶顶华盖，枝叶相牵，绿荫浓郁，夏日行走其间，无需戴帽打伞。一年之中，大半时光，街上绿叶婆娑，清风吹过，满地浮动的光影，斑驳着重重叠叠的梦，一辆辆有篷三轮车欢悦地打着响铃，载着乘客，仿佛在前尘往事梦影中穿过。春夏时节，花事正浓，广玉兰在风中颤悠着洁白的清香，天使般向路人诉说着花语。这是小城的市树，自然就承载了许多小城人的厚爱。我每次从树旁经过，都会放慢速度多看上几眼。秋风袅袅的日子，小城一路上飘着缕缕馥郁馨香，路边虽不见三秋桂子，但那种透心的暗香，总是随风缥缈弥漫，像宋词般婉约。那香气浮动在有月的黄昏，就浸透了乡愁，丝丝牵动游子的心、游子的泪，让那些在小城谋职打工的人平添了一个思乡情结。

长江沿着城边行走，古运河像一条飘带穿城而过，两者在小城交汇，湿润的水汽四周氤氲，水生灵气，养人也润笔。在温和润泽的气息里，人被散散淡淡的花香和树木脂汁的暗香包裹着，心性温柔，心境优雅，浮躁、烦恼一一随风而去，或许会有一二美妙的构思蓦然而生。

春花秋月夜，去长江边走走，一如上海人徜徉于外滩。人们聊天，散步，赏月，三三两两坐立江边观江水翻滚或静眠，想着"江畔何人初见月，江月何年初照人"，湿润江风挟带着花木清香拂过，内心就有了一份细致柔软。许多在外闯荡的小城人，到头来还是喜欢小城的风，小城的景，小城的生活，这儿优雅闲适，是适宜从容走路、悠然过日子的城市。

小城以一种很江南的风姿，依偎在长江之滨。观赏，是生活中最舒心的事情。

梦寻西津渡／蓝建民

走在小城的土地上，心中常升腾起一种爱恋之情，它在白蛇传的传说中流动，在梁红玉击鼓退金兵的故事里弥漫；喜欢南山的读书台，那梁代昭明太子的琅琅书声里，有小城文化的脚印；也常造访焦山碑林，

在历史的墨香余韵里走一遭，生活的品位更上层楼。

和友人登北固山，耳边回荡着辛弃疾的《京口北固亭

怀古》，这首流传千古的豪放词，诗人创作于他在镇

江知府为官时。而那个善写"杨柳岸晓风残月"婉约

词的柳永，就安葬在小城北固山下。流水岁月，"舞榭歌台，风流总被雨打风吹去"，可是人们忘不了这两位风格迥异的诗人生前、身后与小城的不解之缘，或许镇江这座古城是受历代诗人及其作品的影响熏陶，才豪放婉约兼而有之呢。地处江南，喝着长江水繁衍的小城人，不乏南人的似水柔情，也拥有凛然的血性豪气和敏捷才思。南朝宋武帝刘裕（镇江人），曾率三千子弟兵北伐，先后攻下洛阳、长安，一直打到黄河北岸，

开创了中国历史上南人北伐而胜的先例。同时代的刘勰著写出传世精品《文心雕龙》。北宋书画家米芾在镇江开创了独特的"米家山水"画法。人居小城的科学家沈括留下了不朽名著《梦溪笔谈》。当年落户小城，荣获诺贝尔文学奖的美国作家赛珍珠，在此写出许多精美之作。生于斯、长于斯、客居于斯的人们朴实正直，对这块土地有一份缱绻的故土情缘。云台山麓的英国领事馆遗址，抗英古炮台的遥远硝烟，使一代代小城人清醒着永远的爱国情怀。这一方水土上，小城的文化，无处不在，小城的历史文脉养护着其民性、民情、民风。

小城以一种很江南的儒雅，氤氲着古典的墨香神韵，熏陶人生独特的底蕴。

我们一年一年在小城的优美景致、市井风情、古典气息里来来往往，在穿城而过、踏香而过的红尘中逝去了年华。一路上是忧是乐、心境是雅是俗、人生是春是秋，都并不重要。毕竟，穿过小城，一路总是有香为伴、眷恋轻舞、思绪飞扬的，梦想也在这馨香和遐思中一点点走近。

西津渡素描／蓝建民

读书台／林长俊

滴滴美，泛滥成相思

蔡 炜

金山寺细节／刘引华

在他乡，总有人问：你来自何方？我总是答：我来自白娘子水漫金山的镇江，青山绿水的镇江！

结缘镇江，因为那里有梧桐树。那时我是丹阳的一个独家村"小庄"里的小姑娘，父母二人兴冲冲考察四方确定落脚之地，一眼相中了镇江金山门前梧桐蔽日的幽静小道。

古城道路适合生长"行道树之王"。春天飞花，夏天阴凉，秋天有落叶，冬天有暖阳。夏天浓荫蔽日，少年的诗；秋天金叶铺路，老人的梦。虽然有毛毛絮絮，像青春年代剪不断理还乱的闲愁恣意模样。全家决定迁往镇江。广播是小村庄联系外界的桥梁，聆听来自主持人江鸣带来的镇江消息，镇江人民广播电台"你点我播"随性亲和，好似聊家常，让我对镇江小城心生向往。

安家镇江，因为这里有和白娘子一样有情有义的好姑娘。台湾明华园的歌仔戏《白蛇传》的旖旎台词"让一滴美泛滥成灾"直抵人心。千年等一回，好一段尘世风光！"情"让白娘子生下了"人"，为了刚出生的孩子的平安，白娘子宁可永不见天日，任凭自己的相思泛滥成灾。《聊斋志异》里的镇江女性都令人钦佩：庚娘智斗船夫王十八，在金山寺与被救起的丈夫团圆；孟云娘及父亲孟老头人穷志不短，最终和寻梦到镇江的贵公子王归安皆大欢喜；晚霞善做龙舟戏，和阿端表演时分别落江，在龙宫里相爱，在镇江城歌舞……

城市山林 戊子夏日镇江画院画家杨雷作 谐和优美 生态镇江 优美环境

城市山林 / 杨雷

爱上镇江，因之滴滴美不可阻挡！

美在其景！一切美景皆大江风貌：西津寻渡、甘露流芳，慈寿塔影、北水柳浪，冷泉喜雨、海不扬波，春江夜月、圌山惊涛……"天下江山第一楼"多景楼上，纪晓岚与乾隆皇帝合作完成："长江好似砚池波，提起金焦当墨磨。铁塔一支堪作笔，青天够写几行多。"听听涛的絮语，看看山的雄奇：金山"寺裹山"，江天禅寺"一览"二字，臣子为皇帝老儿费尽周章；焦山"山裹寺"，定慧寺沿江守立上千年，与慈寿塔遥相对望；北固山"寺冠山"，溜马涧刀削斧劈，"天下第一江山"历经风雨不动摇。

美在其人！这座城市从来都不缺少忠臣：寻常巷陌住过太史慈，鲁肃墓隐在密林深处。焦山古炮台见证睡了的和活着的人们铁骨铮铮。北固山记得无数文人雅士：龙埂走过苏轼，芒鞋竹杖，且听雨打竹叶声；龙埂走过米芾，山水如画，画如人生；龙埂走过辛弃疾，栏杆拍遍，梦萦疆场。这座城市的女子更是一道风景，在历史画卷中分外妖娆：梁红玉抗金兵，鼓声铿锵；孙尚香北固楼上巧梳妆，水云间爱意汤汤；杜秋娘身历唐代几朝，从民间到皇廷又回到民间，《金缕衣》名噪千年。

扎根镇江，爱听梧桐细雨，爱散步在湿漉漉的街巷。晨曦微露，老赵锅盖面店自熬酱满街飘香；晚霞初照，妯娌鸭血粉丝汤令游子挂肚牵肠。古运河桥的改造，千年粮仓的发掘，都将有现代化的设想和全盘的考量。梧桐树下再创新传奇，镇江人家无限风光。所有知道镇江城市的人儿啊，不管身在何方，相思镇江。

仰山栈桥观三山

徐 翱

入北固山连沧观，即见一泓碧波荡漾，小艇游弋，白鹭飞翔；数叶扁舟，渔人撒网。对面征润州江心小岛，女贞绿篱，意杨屏障，划江而治，雕琢成天然，形成内江水面，名曰金山湖。

右侧仰山栈桥，全长约六百米，顺北固山山角，沿扬子江南岸，依山涉水，一十八道弯，逶迤蜿蜒。桥在水中，水中有路，人在桥上。金山、焦山、北固山，镇江三山是由水系连通的。

沿桥行，历经百年风雨潮起潮落的镇江潮位站依然矗立；望江亭、依山亭连廊高低错落、曲折有致；壮丽巍峨的"长江锁钥"牌坊镇守长江入海口；尽显帝王风范的"京口宝鼎"雄踞东吴胜境；雄浑质朴的石雕壁画演绎三国风流。

正是春暮夏初时节，冷暖气流交汇，江南气象万千。

曲径通幽／曾新民

或凌晨薄雾漫天盖地，萦萦绕绕，漫步轻移，尾随着一缕缕阳光的浸淫缓缓撩开了神秘的面纱。西眺金山，寺裹山。殿宇后堂幢幢相衔，亭台楼阁层层相接，山体与寺庙浑然一体，景色壮观，气势雄伟。玲珑秀丽的慈寿塔，屹立于西北山巅之上，似神来之笔，把金山寺点缀得恰到好处，她却似亭亭玉立的少女，宁静而又安详。读王安石诗，"数重楼枕层层石，四壁窗开面面风，忽见鸟飞平地上，始惊身在半空中"，又怎不让人浮想联翩。

或烟雨蒙蒙水平如镜，青山绿水，静谧雅淡。不见苏轼惊涛拍岸大江东去的张扬，也不见稼轩壮怀激烈"生子当如孙仲谋"的豪迈，一湾湖水平添几分著卿"无言谁会凭栏意"的多情诗意。北固山却依然厚重雄伟，横枕大江，山势险固，霸气凛然，颇具王者

亲近自然／钱春霞

风范。其青松挺拔，傲然耸立；乱石嶙峋，横空出世；楼台突兀，天上人间。它似一位饱经沧桑的老人，以天下第一江山的博大胸怀间隔着尘世的喧嚣，又传递着远古的呼唤和美丽的传说。

或西边日出东边雨，半是有晴半无晴。西边彩虹如画，赤橙黄绿青蓝紫；东边云厚天低，稀疏雨滴依然飘飘洒洒。东望焦山，山裹寺。山水天成，碧波环抱，林木翁郁，峭然耸峙于扬子江心，宛若碧玉浮江。顶峰万佛塔七级八面，层层回廊四通，八面有景；凭栏远眺，江天景色尽收眼底。"石壁望松寥，宛然在碧霄。安得五彩虹，架天作长桥。仙人如爱我，举手来相招。"诗仙李白如若天上有知，一定重返人间，做客镇江。

雨过天晴，朗朗夜空，金山湖水平面烘托出一轮明月，滨江大道灿烂辉煌的灯火和栈桥底板檐口朴实无华的景观灯交相呼应，古色古香的栏杆台灯间入其中，天上地下湖边相映成趣。"春江潮水连海平，海上明月共潮生。"唐代诗人张若虚的千古名句如画如幻如梦。

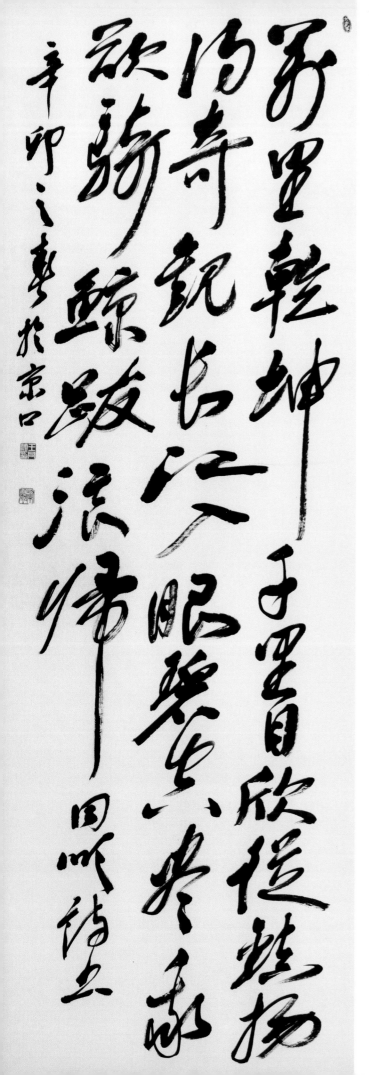

万里乾坤轻
为奇观长江入
眼骑鲸跋浪归
辛卯之夏于京口
王同顺 诗书

金桥大道

洪琦

这是一座并不年轻的城市，这里有一条和这座城市同样并不年轻的路。在这条大路的北边是金山寺，号称镇江文化之根，浓荫之中的古寺院，沧桑历尽，苔痕俨然。

然而，某一天，这里的阳光开始显得格外明媚和灿烂。机器的轰鸣取代了虫鸣蛙唱，山冈平了，道路宽了，这条蜷缩在历史角落里，经年寂寞的圩区小路，抖落了千年的浮尘，开始成为活力四射的"金桥大道"，渐渐地长大、变宽、延长，而路的南端，一条跨江巨龙——润扬大桥已张开了他伟岸的双臂。

　　当我们剖开城市一身棱角分明的铠甲，所有硬朗的线条以及僵滞的表情纷纷瓦解消融。几许柔情与灵性的抒意，你定格成城市中最雄浑有力的部分。你与润扬大桥共同相通，联结了镇江、扬州两座三千年的历史文化名城。你从乡村到城市，从城市到乡村，或淳朴，或繁华，斑斓的梦想一一铺呈，构筑了一道跨越历史与未来的靓丽风景线。

　　从扬州经润扬大桥过江，一下桥就触摸到了镇江三千年的历史，一下子就翻开了镇江历史的书页。宜侯夨簋、凤纹尊、鸠盖壶、鸳鸯尊、夔纹鼎、雷纹鬲、勾连纹尊、虎钮錞于，八根历史文物柱高耸入一片历史的天空。在文物柱旁的巨型磐石上，镌刻着"天下第一江山"六个劈窠大字，这是南朝梁武帝对镇江险峻山川、形胜江山的赞美。《千年南徐》壁画，好像一本拉开的册页，孙权、刘裕、祖冲之、刘勰、萧统、沈括、米芾、辛弃疾等四十一位镇江名人，千古风流，何曾风吹雨打去！巍巍丰碑，犹在青山绿水间。《百里京江》壁画，一幅江山形胜图，宝华拥翠、三茅福地、五洲积雪、西津晓渡、鹤林烟雨、铁瓮怀古、北固雄关、浮玉远钟、京岘策足、松寥海门、卯桥红叶、五峰晴云、圌山雄关等四十八景尽收眼底。

我不禁想问："这一花一草，一村一舍，一桥一石；畅泳的鱼儿，漂泊的浮萍；古典的炊烟，现代的霓虹；还有春夏秋冬，风霜雨雪……这些都是你精心收藏的缀饰吗？"

恐怕还没有这样一条路，聚集了三千年厚重的历史和文化积淀；也许还没有一条这样的路，点缀了这样多的鲜花、草坪和绿树。这条路，灌注了多少心血，寄托着多少希望，它从历史深处走来，穿越时空，向我们迎面走来，一直伸进我们的心里。

建设中的泰州大桥（组照1）／王辽安

金桥大道，那么新，
那么新，新得好像春天里，
漫山遍野的树枝间勃发的
嫩芽，伴随年轻的城市、
年轻的人。

惠龙港之晨（组照1）／柳田兴

寻访老街的风景

孙忠帝

西津渡遗韵 / 陈龙云

很多人都认为"近处无风景"，"风景别处独好"，其实不然。镇江这座江南文化名城，在数千年的历史长河中孕育了辉煌灿烂的古城文化，深厚的文化底蕴每年吸引着大量的海内外寻梦者来此寻幽探胜。

如今在镇江的西部仍然保存着大片的古民居，这里埋藏着众多的文物古迹，许多的文人墨客在此留下了大量脍炙人口的传世诗篇。

周日的下午，从古老的运河边开始了我们的文化寻访活动。自热闹喧嚣的电力路转了个弯，就来到大西路，从老街上鳞次栉比的仿古建筑间穿过，心情顿时安静下来，宴春楼、谢馥春、鼎大祥、中百一店等等这些埋在镇江人记忆中的老字号、老招牌依然静静地守候在这里，述说着曾经的繁华旧事。

进老街不远就是一幢充满异国风格的建筑，高高的十字架在古街上更显得格外醒目，

雨中西津分外娆／万建良

推开虚掩的门走了进去，原来这就是基督教堂——福音堂。福音堂的传教士向我们介绍了基督教的来历以及教会的一些常识，并告诉我们世界因为有"爱"才会如此美好，希望我们在以后的生活学习中多多帮助别人，永远怀着一颗"仁爱"之心，自己也会时时沐浴在"爱"的光芒中。

继续前行，就是具有镇江地方特色的寻常巷陌，青石板铺成的巷道被人们踏得油光锃亮，两旁高高耸起的防火墙上的瓦楞草在微风中摇曳着，木质的朱漆大门早已变得斑驳，墙根的小道上布满了青苔，这里的居民依旧平平淡淡地打发着自己的日子……

我们在一处宽大的栅门前停下了脚步，门楼上刻着一些看不懂的文字，在教会人员的介绍下才明白，这里是伊斯兰教徒做礼拜的"清真

西津新韵／高素兰

传统与现代（组照1）/ 何克

寺"，上面的文字是阿拉伯语："万物非主，唯有真主，穆罕默德是真主的使者。"原来镇江是一个多民族居住的城市，在大西路一带有很多的少数民族同胞在此聚集，巷口的"清真寺巷"、"大爸爸巷"等，光听名字就透着一缕塞外的民族风情。

怀着敬畏之心，参观了伊斯兰教繁琐的"水房"教会仪式后，我们到了"陈锦华公馆"。陈锦华是镇江上世纪二十年代的富商，他的公馆也代表着那个时期镇江的建筑风格。从外面看毫不起眼，跨进大门，顿有"数椽小隐巷西偏，树散浓荫别有天"的感觉，这是一处典型的江南宅院，不大的院落巧妙布局，营造出小桥流水、亭台楼阁的园林意境，三进的院子，数十间的厢房，让人想起"庭院深深深几许"的诗句来。

　　静静地走在小巷里，不时地看到巷子的街坊邻居们拿着活计在路边悠闲地聊着天，不远处有人从水井边汲水洗衣，也有些老人用吊桶把买来的西瓜放进井中，一刻钟的工夫，就被冰凉的井水洗净了暑气，吃起来格外的冰凉可口。我们边看边走，这时突然听到远处传来各种丝竹器乐弹奏的声音，走近一看才知道是社区组织的一群发烧友在进行扬剧、淮剧的演出。舞台上演绎着人间的悲欢，舞台下赚得不少老年观众的阵阵唏嘘，如今的孩子早就勾不起对传统戏剧的兴趣，倒是对"周董"、"超女"痴迷不已。

古渡摇滚夜／龚胜

　　从博物馆的历史尘埃中出来，不知什么时候天空中飘起了雨丝，西津渡街上行人并不多，几家卖玉器古玩的店主懒洋洋地在柜台后打量着我们。"五十三坡"上的"枕江"二字倒是吸引了孩子们的目光，指出"枕"错误。当他们知道在我们的古运河边就是家家枕河而居时，聪明的孩子早已悟出，原来这个"枕"字别具匠心。

行走在这条悠长的千年古街上，孩子们收敛起平时的嬉笑打闹，女孩子们则个个变得温文尔雅起来，可能在她们的心中自己一定变成了一位身着旗袍，打着油纸伞，款款而行的名媛闺秀，又怎能不婉约起来呢？

听说西津渡石塔是我国现存最早的过街喇嘛塔，从塔下走过就如同向佛顶礼膜拜了一次，孩子便马上双手合十，一脸虔诚而嘴角又透出调皮的样子，让人忍俊不禁。

过"救生会"不远就是小山楼了，原来"西津渡"为六朝所名，唐改为"金陵渡"，千余年前，唐朝诗人张祜在此留宿，登楼远眺，但见长江、金山、焦山、超岸古寺、老街全景尽收眼底，国事家事齐涌心头，写下了堪与张继的《枫桥夜泊》相媲美的"金陵津渡小山楼，一宿行人自可愁，潮落夜江斜月里，两三星火是瓜洲"的千古绝句。

横亘的银山如同天然屏障隔去市区的喧嚣，完整地保存了古街的风貌。此处建筑为清代民居特色，门楣上镌刻着长安里、吉瑞里等字样，临街建筑多为二层小楼，传统雕花栏杆，朱红花格窗棂，依山缘江，高低错落，节奏明快。经过千百年的沧桑轮回，昔日的繁华热闹已只能在诗词日志中找寻："大江横万里，古渡渺千秋"告诉我们它曾经是怎样的显赫重要；

"江浙闽海物资，悉由此以达京师，使命客旅，络绎往来，日不暇接"又说明它曾经是怎样的热闹忙碌。如今的古渡早已失去了它的作用，唯余青石路上深深的车辙痕记录着历史的印记。

出西津渡，来到刚开放不久的渡口遗址，我们兴冲冲地透过厚厚的玻璃，感受着岁月变迁、沧海桑田的变化。恍然间，我看到远处浩瀚缥缈的江面上，一位古人屹立船头，低声吟唱着那首千古绝句：春风又绿江南岸，明月何时照我还……

古韵风情（组照 1）／李茁

此 地 为 宜

滕 建 锋

缘分总是件很奇妙的事情，比如我总是一厢情愿地认为自己和镇江这个城市很有缘分。

让我开始真正对镇江历史文化产生兴趣的是一次普通的采访。那一天秋高气爽，阳光灿烂，我跟团来到西津渡街上，接待人员的开篇介绍大出我的意料："这里原为英国领事馆，第二次鸦片战争期间，清政府与英国签订了丧权辱国的《中英天津条约》，镇江辟为通商口岸。1864 年，英国开始在云台山上建筑领事馆。1888 年初，镇江洋捕无故打死华人康姓小贩，群众愤怒焚毁了领事馆。然而软弱无能的清政府又答应赔偿重建，于 1890 年竣工。现存旧址就是重建的建筑。"这一段介绍让我刹那间有些恍然，那些历史教科书和考卷上无数次复述和填写

的情节在现实世界里活跃起来：一艘艘战舰，停泊在不远处的江港，战舰上万炮齐发，镇江城一时间浓烟滚滚；而后，一群金发碧眼的强盗，扛着一支支火枪，耀武扬威地走在镇江的大街小巷……咸丰十一年（1861 年）正月，英国参赞巴夏礼与镇江地方官员签订租地批约，设立英租界。我突然产生疑问，英国人何以如此重视镇江？或者说镇江真的曾经如此重要？这个让我产生浓厚归属感的城市，究竟有着怎样的不朽传奇？

好奇可以推开一扇又一扇窗，窗外是一片又一片新的世界。当我真正开始凝视这座城市时，它悠久的历史与厚重的文化一次次将我折服，使我敬畏。

1954 年，在镇江东部大港烟墩山上一个大型土墩墓里，出土了一批西周前期的鼎、

古宅小孩童／朱立新

簋、盘、盂等青铜器，其中最为重要的便是宜侯矢簋。簋内有铭文126字，可以辨认的有118字，铭文记载了宜侯矢受封的情况。宜侯为感谢王的恩惠做了此宝器，其铭文是中国记载周初封建诸侯史迹的唯一历史文献。宜国为姬姓周人所封，封地在镇江大港沿江地带，"宜"也就成为镇江有文字依据的最早地名。自"宜"之后，镇江春秋时名"朱方"，楚灭越后名"谷阳"，秦始皇建"丹徒"，三国孙权迁治"京口"，南朝宋时称"南徐"，隋开皇年间置"润州"，宋政和三年（1113年）升润州为镇江府，此为镇江行政建制得名之始。把这些名称一字排开，就足可写就一部镇江简略通史了。

现在，这只名震中外的重器宜侯矢簋被做成了一座巨大的雕塑，矗立在博物馆的门前，四位古宜地的人像雕塑拱卫在簋下，目光炯炯地注视着他们三千多年后的后人，注视着这座历尽沧桑却是变化万千的古城。

历史的悠久并不一定能代表国力的强盛，侵略者的坚船利炮轰开了腐朽的清王朝关闭已久的大门，中华大地自此开始了百余年屈辱的历史，西欧强盗、东洋倭寇在中华大地恣意横行，犯下了罄竹难书的滔天罪行。镇江这片土地同样不可幸免，读过镇江诗人杨棨的《镇城竹枝词》吗？读过镇江企业家张怿伯那自费印发的《镇江沦陷记》吗？声声控诉，字字血泪！直到新中国成立，国人才扬眉吐气，昂首做人。六十余年间，在

暮色中的蒜山／王治

经历过一度的迷狂和封闭之后，中国走上了社会发展的快车道，日新月异不再仅仅是一个形容词。镇江的街头，又到处可以看到不同肤色的人在来回行走，不过这一次他们见了红灯一定会停下来，犯了错误也一定会被警察叔叔逮起来；他们中有来当老板的，也有来打工的；有来教英语的，也有来学汉语的；云台山下这座保存完好的西式建筑里也来过很多英国人，不过他们只是游客——1933年10月，镇江人赵启骙将领事馆地产买下，新中国成立后，赵氏后人将产权转交镇江博物馆作为馆址，英国领事馆早已只是个历史符号，作为一种文化元素，与3万多件珍贵文物一起向中外游客展示镇江的历史与文化。

放飞的心 / 金晶昕

在跨越发展的时代背景下，镇江博物馆旧貌换新颜。2002 年，市政府划拨 5000 多平方米土地，投资 3000 多万元，新建展厅 5000 多平方米，老馆区五幢建筑原貌修缮，整个馆区按英式园林风格进行整体环境景观改造，使得镇江博物馆成为国内一流的花园式博物馆，也成为镇江独具魅力的文化旅游景点之一。尤其近年来镇江博物馆实行免费开放，更是受到广大市民和游客的欢迎，参观者终日络绎不绝。

十余年过去了，我已在镇江扎下根来，女儿出生时爱人问我名字怎么取？我说很简单啊，湖北为楚，镇江为宜，就叫楚宜好了。

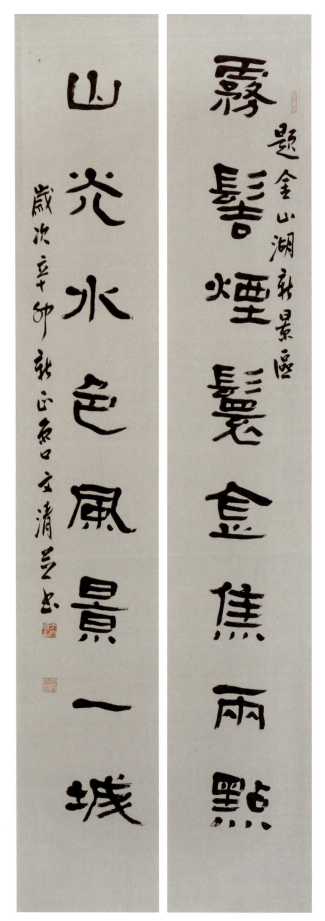

题金山湖新景区

霧鬢煙鬟盒焦兩點

山光水色風景一城

歲次辛卯新正虞口文清并書

于文清 撰书

丁小玲 撰／孙彤 书

湖烟青起吴半边楚半边

辛卯春正於翠堤春晓孙彤书

塔影空悬钟几响鼓几响

丁小玲题金山湖联

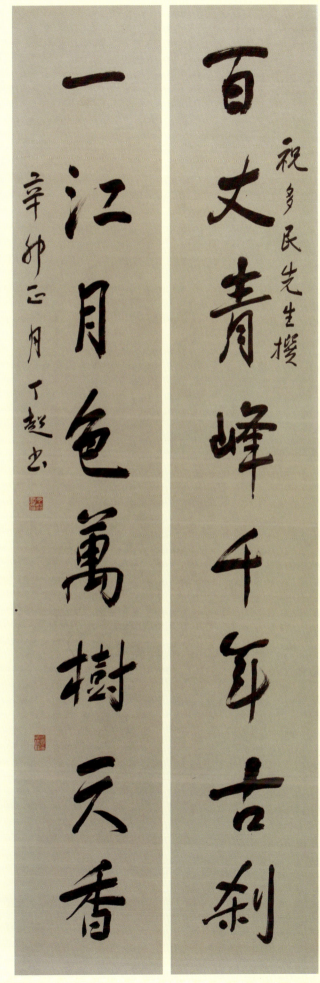

祝多民先生撰

百丈青峰千年古刹

一江月色万树天香

辛卯二月丁超忠

祝多民 撰／丁超 书

古渡新韵 / 郑为人

西津渡的风

艾仁

西津渡的风，是从长江吹来的，温润、潮湿、微腥；西津渡的风，是从远古吹来的，带着唐朝的热闹、宋朝的愁绪、清朝的叹息。

西津渡的风，从五十三坡走过，从小码头街的青石板上走过，脚步轻得云朵一样，身子轻得拂柳一般；西津渡的风，仿佛不是在走，而是在飘。宛如一场梦，从三国时的古渡飘到今天的古街。

从巷道深处的戏台飘来，飘来扬剧、锡剧、淮剧的唱做念打；从低矮的香醋店里飘来，飘来香醋的味道经久弥漫；从一间间青砖瓦房里飘来，飘来炊烟里的缓慢的生活味道。

西津渡的风，从古渡的巷道走过时会加快步伐，那就成了一种吹，是一种急匆匆的吹。吹起青石板上时光的蒙尘，吹起小码头街热闹酒肆里酒香的肆虐，吹起如蚁行人的愁绪，吹起独轮车负重的吱呀。

西津渡的风，从过街的石塔吹过时，带走了无数凡人的仰望和祈祷；从券门吹过时，吹得券门外层峦耸翠，吹得券门内慈航普渡。

西津渡的风，吹得芦苇点头，经帆起舞；吹得江水你追我赶，一浪高过一

古韵风情（组照 2）/ 李苗

浪；吹得浪花碎成雪花，江面白茫茫一片；吹得观音洞前的香火，缭绕成舞蹈的姿势。

　　西津渡的风，温柔时，总是和着春天的脚步吹过，吹得王安石诗意盎然："春风又绿江南岸，明月何时照我还"，吹得苏东坡"夜半潮来风又熟，卧吹箫管到扬州"。

　　西津渡的风，发怒时，总是和着暴雨而来，风萧萧雨潇潇；总是推着浪走，波汹涌涛汹涌。吹得张祜"一宿行人自可愁"，吹得孟浩然"江风白浪起，愁杀渡头人"，吹得许浑"伤离与怀旧，明日白头人"。西津渡的风啊，吹不走待渡的兴叹，吹不走羁旅的离愁。

　　西津渡的风，不是风，是时间的梦，在古渡楼台间一次又一次地穿梭！是时间的梦，在我内心深处一次又一次地觉醒！

古韵风情（组照3）／李茁

喜欢在西津古渡的石板上走走

柳筱苹

一直感觉我的前世与西津古渡有相通的关联，常常喜欢夕阳西下时，一个人在这条古街的石板上走走。

深深的车轮印辙，记载着曾经的繁华和忙碌："清晓津亭迭鼓催，自古江山最佳处。"在欧阳修眼中，古街已成为一处风景，代表的是一种心境了。

印象西津渡（组照1）／何克

印象西津渡（组照2）/何克

一外地朋友来电说，到西津古渡才知道，原来你们镇江女人还蛮风骚的，自古就有京口第一才女杜秋娘，她那首《金缕衣》的诗，"劝君莫惜金缕衣，劝君惜取少年时；花开堪折直须折，莫待无花空折枝"。词句真够直白的。今天从后山上去找到了为"杜秋娘"建的亭子，不知道怎么就想起了梅艳芳的那首《女人花》的歌词来，还没来得及细研究，天下起了雨，赶忙找到小山楼对面沿街雕花茶馆躲雨。

　　喜欢夕阳西下时走走，看夕阳斜斜地照在凌空而立的石塔上。观塔下香炉升起的袅袅青烟，和着若有若无的梵音，在老街古塔周围弥漫。

　　穿过了石塔，来到依山而建的观音洞前虔诚地祈求与祝福。

　　更喜欢雨天时走走，坐在老街的屋檐下听窗外的雨滴，轻语：青山依旧在，几度夕阳红。

　　疲倦时想到的最佳休憩的地方便是西津古渡。

　　每次走在这条被千万双鞋底打磨发亮的青石板的街面，它像一条清流从远处飘逸而来，那古朴典雅而又蕴含着浓郁文化气韵的古街，那低矮的门脸和斑驳的窗框，透着朴素的泰然，直入我的心中，我仿佛回到了我的寻梦园。我知道在自己的心灵一隅总在寻着那属于我的思念中带着淡淡的忧郁、遐思和憧憬。

迎风舒展的这家茶馆，是个两层的小楼，临街是开敞式的排门。推开店门没有一点点儿商业的气息，像是在乌镇的一个茶馆。楼上有个天窗不仅可以采光、通气，而且可使四周房顶的雨水从中积聚下流，我想是所谓"四水归堂"、"肥水不流外人田"之义，是商人图"聚财"之义而产生的。在那定定心心地一点点品茗，想象当年繁华的老街上车水马龙，而置身于现代社会，古老的文化与现代商业有机地融合在一起，老街神秘中又平添许多风韵，心情也会随之一点点好起来。

也许爱是一种感觉，是自己给自己营造的那种感觉，与其他人无关吧。在茶馆墙上我写下一段心情：

印象西津渡（组照3）/何克

此 雨 濛 濛
情 亦 融 融
莫 说 是 风 格
其 实 是 感 动
这 门 前 的 青 石
巷 陌
迎 着 它 ， 订 正
我 前 世 种 种 错 过
顺 着 它 ， 今 生
转 角 的 缘
再 不 错 落
……

　　雨中的西津渡古街显得平静，没有了来来往往的行人。推开临街门窗，看老屋上的瓦发呆了好久好久，忽然间就嫉妒起能安详自在住在这条老街上的居民们，他们生活在祖辈留下的老房子里，生活宁静、平和，守望着西津渡古街这条历史与文化的长廊。

　　雨停了，"哎哟"、"哎哟"，远处传来不知道什么鸟发出的叫声。寻声而去看到树林中搭了个孔雀园，里面养着几只孔雀。春天是孔雀的发情期，雄孔雀特别喜欢在雌孔雀面前开屏展示自己的"男性"魅力。人们也"哎哟"、"哎哟"地逗弄它，使之"哎哟"叫起开屏，很是有趣。一老人听到后，说了一句："听到孔雀叫声兆头好啊！"

印象西津渡（组照4）/何克

印象西津渡（组照 5）／何克

　　驻足老街，有种寂寞的美丽融入我的心灵，荡涤世俗尘埃。不管我心情好与不好，总喜欢去老街走走，也只想走走。踏着青石板路，去品味一下她浓郁的文化气息，再悄悄踏上我寻梦的征程，也许是顺着它去寻今生不再错过的缘⋯⋯

　　今天的老街，依旧风貌独特，民房古朴。漫步在老街的石板路上，你会感受很多很多⋯⋯

归 / 王镇容

欢乐颂 / 陈墨

滚滚长江东逝水，浪花淘尽英雄。是非成败转头空。青山依旧在，几度夕阳红。

白发渔樵江渚上，惯看秋月春风。一壶浊酒喜相逢。古今多少事，都付笑谈中。

杨慎临江仙何以泽浚书思
岁在辛卯初秋
于枕雨阳张兆甫书

小　巷

何春华

西津渡／马宝琨

在古城镇江的大西路上，有一条深深的小巷，曲曲弯弯地延伸，一直连通到宝盖山下。小巷的名字叫三元巷。城市建设日新月异，随着老城区的不断改造，许多古老的小巷大多被现代文明湮没了，取而代之的是一幢幢林立的高楼，新颖别致、宽敞明亮，而唯有这条小巷还依然保持着它原来的风貌。

　　我在这座城市已经生活了多年，每当我走过这条小巷，总是要默默地凝神注视，生发出一种深深的依恋。

　　小巷是古老的。两旁的建筑大概建于久远的明清时代，有的青砖黛瓦，飞檐翘角；有的是黑漆大门的深宅大院，里面有着蜿蜒的通道和许许多多的隔间；有的是两层小楼，临巷的一面是木门木窗，上面雕着精致的花纹图案。这些建筑虽经风雨侵蚀，甚至露出斑驳的痕迹，但仍透出活活的灵气。

小巷的民风是淳朴的。小巷的人在自家的廊檐下洗衣、拣菜，或是坐在自家门口的躺椅上读书、看报，或是凑在一起下棋、打扑克、喝茶聊天。楼上的人推开窗户，就可以和对面楼上的人清晰地讲话，或是将一根长长的竹竿伸到对面的屋檐下，在上面晾晒衣服。在当今社会里，住在混凝土结构商住楼里的人大多老死不相往来，楼上楼下的人互不相识，连住在对门的人也懒得打声招呼。可小巷里的人却截然不同，左右隔壁的人熟得不能再熟，连巷头的人也能对巷尾的人熟悉上八九分，见了面异常亲热，轻盈笑语不绝于耳。

小巷的人是爱装扮的。不知从何年何月起，这里的人有了种花养草的习惯，家家户户的阳台上、窗户前摆满了各式各样的花草。一年四季，花香四溢，常开不败。

一丛花带动了一伙人的微笑，一坛花带出了一群人的激情，而花也不再只是花，小巷成了一道亮丽的风景。

小巷里有一座小剧场，一些艺人自发地组织起来，在这里吹拉弹唱，登台献艺。每天下午，小剧场里便早早坐满了人，有青年人，也有孩子，但更多的是上了年岁的人，他们自带茶水，有滋

有味地观看演出。台上的人化了妆，穿着旧式的戏袍，有板有眼地唱着传统的剧目，台下的人则神情关注，悄无声息地一边喝茶一边品着戏文，看到精彩处便响起热烈的掌声。

古老的小巷，淳朴的民风，爱美的天性，这里的一切都显得安详、宁静，似乎离喧嚣的世界十分遥远。但小巷里的人生活是温馨的，他们自然也关注着世道的变化，饱经着岁月的沧桑，但他们更多的是生活在传统的

去过／史琳凌

文明里，少了一点浮躁，多了一些平和；少
了一点怨怒，多了一些笑颜。

小巷是历史的见证，是时代的底蕴，愿
岁月不要将小巷湮没。

青山依旧在

戴 佳 韵

这座叫做北固的小山在镇江城的北面，已不知在山间草木的一枯一荣之间度过了多少个春秋。每天总有熙熙攘攘的人群行色匆匆地从山脚下走过，可能谁也无暇去想，如果镇江城没有了这座小山会是什么样子，这座小山苍翠之间的蕴藏对于这座城市又有怎样的意义。而青山像是也不在乎这些，她只是淡然地陪伴着这古老的城市凝视着脚下的江水悠悠，一望千年。

那是一个早春的清晨，天色还在明昧之间。清瘦的辛弃疾在山间青石板铺就的小道上独自前行着，伴着他的只有偶尔传来的几声清脆鸟鸣。及至山巅的北固亭，他深吸了一口气，山里晨间的空气带着露珠的湿润和草木的清香。残夜未央，一轮红日从远处的海平线上冉冉地升起，给整个江面和那些远处川流不息的白帆都抹上了一层嫣红。抬眼望去，只见江水潮涨，漫平两岸，江面变得浩浩荡荡，辽阔无边；湍急的水流掀起一层层的白浪滚滚东逝。山间叠翠深深，甘露禅寺就这样冠于山峦之巅，一派险峻。辛弃疾思忖着

锦绣镇江（组照2）／梁家合

也只有如斯美景，才担得起"天下第一江山"的美名，不禁深深地感叹道："何处望神州，满眼风光北固楼"，只是再美的风景也掩不住他满面的愁容。是啊，如此的大好河山，却是暗涌深藏，内忧外患。朝堂之上波诡云谲，社稷不安，千里之外还有狼子野心的金人虎视眈眈，叫人怎能不心生忧愁。思及此，他的内心又是百转千回，思绪不禁穿越了千百年。他看见一个英挺的青年站在北固山巅，十指紧扣着长剑，望着山下惊涛拍岸、浩荡奔腾的长江，衣袂翻飞，一脸的昂扬。作为这片江山的雄主，孙仲谋在这里开始了他的光荣与梦想。长剑出鞘，直指天下！烽火狼烟之中，辛弃疾又看见了一个伟岸的中年人，意气风发地指挥着百万雄兵一路北上，将沦落了百年的长安城一举收复。刘裕从这里出发，完成了他一代帝王的伟业。金戈铁马，气吞万里如虎。

汹涌的江涛撞击着岸边的崖石，掀起半空虚浪，发出漫天声响，将沉思的辛弃疾拉回了现实。岁月荏苒，已是英雄无觅，可那些风云叱咤的故事却依然在流传。太阳驱散了苍穹中的最后一丝黑暗，尽洒在这个立于山巅的老者身上。风吹起他青色的衣袂、花白的须发。抬眼北望，他多希望目光能穿越这辽阔的江面，看到那曾经的故土。他多希望还能再一次手持长剑，挥兵中原。他多希望老当益壮的自己能从这里，从这座载着孙仲谋梦想的青山，这座铭记着刘裕伟业的城市开始，挥戈北上，收复河山。就在这大江的那一面，有他的家乡，他的梦想，他的一生啊……

千古风流甘露寺 / 张正祥

　　千年的光阴有一种沧海桑田的力量，那个带着满腹壮志的老者离开了这座青山，却再也没能回来。曾经奔腾不息的大江也变成了如今的流水悠悠。行在山脚的木栈桥上，"嗒，嗒，嗒"的踏步声仿佛历史的回音。沉浸在这无言的山水之间，细细地体味那些云烟过往，才真正领会到了这座山对于这座城市的意义。不管是意气风发的指点江山，还是北望中原的壮志未酬，抑或是甘洒热血的国仇家恨，千年里多少故事在这里上演，一幕幕的壮怀激烈，离愁别恨；一出出的辉煌失意，兴衰荣辱，虽然最后还是难免曲终人散，可这青山却将一切的一切都承载进了记忆中，给这座城市烙印上了一种叫做"雄浑"的气质。

　　一条大江把镇江城划在了南面，给了这座城市一个叫做"江南"的形容词。吴越之地的小桥流水与纤丽浮华被蕴藏在了寻常巷陌中。而这险峻北固与浩荡的江水又将许多汉风的张扬与悲烈糅进了这座城市。

江南的精致雅秀，中原的雄浑磅礴在这里水乳交融。就如这巍巍青山与脚下的粉墙黛瓦一齐在这座城市里经历千年的岁月沧桑，兴衰荣辱，不断地汇聚、融合、积淀。忽然间想到，如果失去了这座青山，那会是怎样可怕的情形？这里所失落的将不仅仅是那些名垂青史的人物和风云激荡的历史，而是这青山江水在千年的时光里所铸就的这座城市一半的灵魂。转念一想，又觉得有几分杞人忧天。这座山和这座城已在岁月的打磨与时光的荡涤下相伴了千年，青山无言却铭记着一切的沧桑变幻。不移，不易，深深地将自己刻在了这座城的骨子里。

登及山巅，看大江东去。偶然间还能听见远处高楼的工地上传来的劳作之声，那里是青山不久就能见到的一个未来。暮色降临，缓缓流过的水声伴着山间树叶的沙沙作响，带着这大江，这北固，还有远处的高楼一齐落入了胭脂色的画幕中。

青山依旧在，几度夕阳红……

晨光里／杨巧云

甘露寺的月光

陈忠龙

九月的北固山，清晨里有着些微的凉意。一种惬意的凉，借着青枝绿叶，从前峰到后峰，一直熨帖着我们，像好客而淳朴的人们，那样的盛情，又像一首诗的清凉部分，贴心贴肺。

我们的脚步，从前峰开始。走不多远，便看见路旁树叶上的点点露珠，像得江山在资助似的，忽然顿悟，明白那沁凉沁凉的来源了：这些剔透晶莹的大珠小珠，无疑是甘露寺的神灵撒下的。朋友"神来一笔"，说它们是名篇里的逗号，会引着我们走进引人入胜的下文。

果然如此！从清晨开始，我们读词碑、读典故、读传说，一直读到晚上，一路旖旎一路花香鸟语，如痴如醉而不知疲倦。

江山如画／林长生

　　但我以为这不仅仅意味蕴藉的名篇，而且还是一卷洁净无染的经书。每一个移步换景，都能从红尘中翻开一页页无需譬喻的风光，也能把镇江皇皇编年史中的一个体例打开。

　　在一步步上升的过程中，我能感受到草木与泥土夹杂的芬芳气息。那充足而饱满的氧，该是这一座山的主旨。如若把舌头舔一舔，还真的有点甜丝丝的感觉，像饮着甘露般。于是，不停划动双脚的我们，没有了一丝的渴意。无论游走，或者寻觅在它的哪个位置上，都似踏着如歌的行板那般悠扬。

枕中云气千峰近，

床底松声万壑哀。

要看银山拍天浪，

开窗放入大江来。

　　其实，到北固山，我们本是追随古人的脚步来的，是来读古人豪气冲天的诗篇的，说得更具体些，就是冲着泉州老乡的这首《宿甘露寺僧舍》来的。

　　这首《宿甘露寺僧舍》，意境雄浑，胸襟宏阔，千年以来，让许多云遮雾绕的名山胜迹，在北固山面前黯然失色，也让在南方的我们，每每读起这首诗，除了对一个故乡人，也对一座山肃然起敬。

北固风光／朱洪武

　　然而，我们走在蜿蜒的路上，耳畔却是翠绿的林涛声，千年前的云气也已经散尽。抬头仰望，那湛蓝如洗的天空，肯定比千年前的波谲云诡要更加明朗，更加高远了。

　　这座"寺冠山"，弥望都是葱茏青翠，历史的古香古色，被它掩映，被它拂拭，没有一丝的尘埃——充满了英雄豪气的青山，已把历史阴霾的部分扫尽了，镇江已给这个曾经是浓浓火药味的山，裹上了绿色的披风。

　　襟山带江控楚负吴的他，如今在长三角的凌云展翅中，更得了一份寥廓。这绵延千古的北固山，添了发展的新篇章，更成了一本厚沓沓的大书。他的每一处，都能把我们吸引住，看来，要读完他，一天是不够的。

　　从东吴古宫殿遗址，到国画馆，像刘姥姥进大观园那般，苍白的我们，被繁富的北固山装了满满的瑰宝。但沉甸甸的我们，并不觉得脚步的沉重，反而越来越轻松了。从清晖亭、卫公塔，到甘露寺的大殿、老君殿、观音殿和江声阁，我们在庙宇亭阁中走走停停，日斜时分来临也不觉。

　　在后峰稍歇片刻，吃了饭后，暮色就上来了。大家一致决定留在山上，等待一轮皎月；这是为了一首诗，为着一个来自家乡的人，读一读今天甘露寺的夜色，也让我们那一颗粗糙的心，能够得到这一脉灵山清风的滋养。

　　北固山的夜，并不静谧也不扰攘，上上下下来来往往的人，没有止息。而我们的心，却宁静得出奇，这种宁静，是一种温暖的等待。

　　风吹树叶的声音，虫鸣的声音，加上空气中淡淡的草木香气，氤氲的香火味儿，让我恍惚起来了。我像被滤去了尘俗，得到了安宁，进入一种似梦非梦的状态，渐渐地要睡去⋯⋯

　　而寺院的光，这时亮起来，像树丛里开了花一般，俯瞰山下的镇江城的灯，也次第地亮起来了，我想，这是镇江这一卷亦诗亦经的巨著在上下呼应。

　　沿着曲曲折折的石板路，我们从试剑石走到了凤凰池边。而这时，月儿愈发皎洁起来了，挂在蓊蓊郁郁的树梢上，也照在蓝蓝的池水上。

　　仰望天上的一轮，俯视水中的一轮，再想到身旁涌动的大江，我似乎明白了古代有风骨有才学的人们，为什么会在这里登高怀古，把一腔怀抱说给一座山，说给一草一木听的缘由了。

　　北固山，虽是个小山，但亦儒亦释亦道，进可以吞长江，退亦能保持一种高度，一种人生的高低。这就是为什么家乡人，把一个左近并无千峰，也无万壑的地方，写得如此气势磅礴的缘由了。

北固山色如故 / 陈立军

从诗艺来看，《宿甘露寺僧舍》，绝对是浪漫而新奇的想象。但你如果在月下，一处一处把白天走过的相婿楼、祭江亭、溜马涧、狠石、长廊、太史慈墓重新来一遍，你会不会觉得是走在千山万壑里？

这无疑是把古人的浪漫，变成了今天的现实了。英雄所见略同，实施"青山绿水工程"的镇江人民，冥冥之中，与古人的诗意，与一座山的大道，取得了契合。

其实，北固山月光，所照的只是镇江山水诗的一角。我知道，镇江的每一座山，云台山、宝盖山、跑马山、茅山、宝华山……都是披上了绿色大氅的英雄，它们挥着绿色的旗帜，指引着千万个青衣，或北伐或南征，把烟尘，把那些喷烟吐雾的习惯，一一删除了……

一条条绿化带，像一群群腹有绿色诗篇的诗人，站在古运河、运粮河、虹桥港，在湿地公园和滨江风光带，临水照影风流倜傥……

你能想象，那些热爱生活的人们，在山环水绕的镇江，一定坐在繁花绿树的怀抱中，过一种幸福而惬意的人生。

夜游甘露寺，我想，一个再愚笨的人久居于此，也会被这山与水的灵气所滋润，渐渐通透，渐渐开阔博达。

夜游甘露寺，我想，若能与孙尚香相遇该多好啊！我会与这个身带利器、容姿甚美、志胜男儿的"枭姬"，说说我对江东、对镇江的热爱，我会恳求她在青山绿水中，来一段无与伦比的剑舞。其实，在这幽静清新的家园里，无论做什么事都是惬意的，我想，孙夫人若不和镇江人民一起晨练，大抵也会情不自禁地在甘露寺的月光下，起舞弄清影的。

夜游甘露寺，我想，若能遇上曾公亮，该多好啊！我要手拿花蕊，跟他说：老乡，我佩服你的想象力，但我更佩服镇江人民建设美好家园的创造力和毅力！

金山夜色／徐纪寅

湖光泛春意／邰屹

金山／丁悦

古刹新韵／马智春

老山门／张坤

彼岸有清香／赵建平

寂地／许乃廷

追逐曙光 / 于桂兰

金山湖 / 卞美岗

御碑亭 / 李松

世业洲 / 徐飞

憩 / 姜松平

传统红木工艺（组照1）／高俊　　　　传统红木工艺（组照2）／高俊　　　　传统红木工艺（组照3）／高俊

传统红木工艺（组照4）／高俊　　　　传统红木工艺（组照5）／高俊　　　　传统红木工艺（组照6）／高俊

晨练路上／王永建　　　　　　　　　　　　　　　　　　　　　　　　　　秤的制作／刘凤霞

大爱镇江（组照1）／石小刚　　　　　大爱镇江（组照2）／石小刚　　　　　大爱镇江（组照3）／石小刚

传统与现代（组照2）／何克　　　　　传统与现代（组照3）／何克　　　　　传统与现代（组照4）／何克

西风残照甘露寺／孙鸿鉴

湖光秋色入眼来

王 晨 沛

秋高气爽、丹桂飘香的时节，秀丽的北固湾广场上，熙熙攘攘，游人如织。翠绿的北固山静立，水上木栈道，依着山势，曲折蜿蜒。正是秋雨新晴之后，满山的浓黛，盈盈如浮云般的美。脚下木栈桥横跨，潺潺的金山湖水拍打着岸边，有些撩人的情思。人们禁不住停下脚步观景，赞道："好啊！这真是镇江的一处新景观。"

湖水是那么的急迫匆忙，听似一阵骤雨。一泓湖水，正从层层叠叠的乱石堆里，急转回旋，嘈嘈切切，迸珠溅玉。岸边的股股细流变得平缓，荡漾起悠扬的波纹……

真不愧是观赏金山湖的绝佳处呵！烟波浩渺的气势让人感到金山湖是辽阔的。绵延的高楼，拔地而起，高低错落，排列在远处的长江边上。再看湖上，阳光在湖面上闪动着金光，一片波光粼粼。湖上的船也在淡淡的云烟之中游弋着。极远处的山峦入了远空，若隐若现，虚得像静浮的抛物线了。

　　登上北固山巅，俯首镇江城，颇有更多的情趣，金山、焦山历历在目。金山、焦山、北固山三个山峰，与长江和眼前的金山湖，组合成一幅雄浑的天然画卷。三山美景，真山真水，在这里不期而遇，交相辉映了！

　　在近两公里的滨水路风光带上，一边是万顷碧波的金山湖，另一边是园林似的绿化带。绿化带上，绿草如茵，草木映衬，高低错落，环境幽静，一片片显得生机勃勃。树木参天，种植着香樟、女贞、广玉兰、枇杷树、红枫、黑松……疏密相宜。又有竹篱、小屋、秀石相间，显得既有山林野趣，又有乡村的田园风味。

　　无论站在哪个点上，眼前近景远景的层次，总构成一幅完美的图画。那一天，天空很蓝，湖水很绿。恬静的微风，轻轻地吹拂着，传来了一阵阵桂花的清芬。我们走在长长的风光带上，眼前一边是开阔的金山湖美景，另一边，或是乔木几株，或是柳树低垂，或是芭蕉、翠竹一丛，间以圆润光滑的秀石，或在小丘上、或在池塘边。一路行来，浓绿的色彩多次覆盖了我们的视线。一幅饱蘸颜料的"青山绿水新镇江"长卷正徐徐展开……

　　我凭栏远眺，倏然眼前一亮——湖滩边，是一大片翠绿的芦苇，在阳光下，翻起一层层的绿浪，仿佛奏出明快的歌曲，和金山湖相烘托；芦苇丛里，鸥鸟翔集；曲曲折折的木栈桥，与蓬蓬勃勃的芦苇丛相映成趣……这是怎样一幅奇妙的风景！池塘密布的湖滩边，更添了几多悠闲垂钓的人呢！

　　曲径通幽处是园林似的广场。广场别具一格，奇石众多而布置精巧，小溪侧出，野芳发而幽香，小木桥横跨，埼曲幽深，显得既富有古典意韵，又不脱现代气息。瞧：长椅上依偎着一对恋人，石桌旁边坐着几位品茶的老人，嶙峋的怪石旁又有几对拍婚纱照的情侣……浓密的树阴下，二胡声声婉转，笛声悠扬，传来阵阵美妙的歌声，那是人们对美好新生活的赞歌。

广场外的滨水路，处处宽敞、整洁，让人心情无比舒畅。一条宽阔、平坦的道路，伸向远方。碧绿的树梢在微风中摇曳，一幢幢别致的高档住宅楼掩映在绿树丛中，显示出温馨的人居气息，越来越多的人在此安居乐业了。

王庆农　诗／阚爱萍　书

不饒他覆音光我

偏是屯閭召勝多

李鳳能先生句
唐戈書於真日

李凤能 撰／唐戈 书

场与滨水路风光带，我感到
我们的城市变得更美了，天
更蓝，水更清，城市的面貌
也将日臻完美，生活变得更
加和谐。我不禁吟咏出新的
词句："何处望神州，满眼
风光新镇江！"

金山湖的黄昏是迷人的，
"落霞与孤鹜齐飞，秋水共长
天一色"。夕阳染红了湖水，
湖面闪金烁银，船儿在波光
中荡漾，大地散发出秋天的

香甜。高大的东吴牌坊，曲
折有致的文化长廊 ，"三
足鼎立"的京口宝鼎……
为这金山湖美景增添了更多
的秀色，令人无限欢畅。触
景生情，我忽然领悟到"和
谐社会"一词的真正意境。

古城正发生着翻天覆地
的变迁，有着我难以辨认的
一片新颜。秋天，是一个诗
意的季节，一个收获的季节。
从镇江的一隅——北固湾广

镇江音乐节（组照）／谢戒　　　　　摇滚的心（组照）／尤宁

集结——长江迷笛音乐节（组照）／王跃国　　　　　　　　音乐迷（组照）／王念约

四季焦山（组照 1）／方建良

四季焦山（组照 2）／方建良

听焦山 半丁

焦山四面临风，香烟缭绕里浮动着渔歌梵唱、周山声息，顺风入耳，还未听真，就消沉入水了，所有细微的响动，像是放生池里的鱼唼水，也像山门前飘落一叶的细微涟漪，在绿色氤氲的水上扩散，正像是回应那个"山裹寺"的"裹"字，也正映衬了焦山亘古幽静，风也刮它不散，那绿色那声响似乘了游云，飘荡在半空，向着更高的林云深处，承接天宇。所有江山胜处

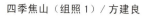

并不稀缺秋月春花的华丽词语,而这里不需要,大音希声,别有一番韵致。特别是焦山的晨钟暮鼓,慢悠悠地随着从天际涌来的一线潮汐,牵引着人们的视听,时而明亮,时而迟缓,时而苍茫辽阔,时而怅然若失,即或是糊涂阴沉的雪天,钟声徐徐地依然传得很远,余音萦绕在佛祖、焦公睿智的、似睁似闭的眼阖里。

立于焦山,可看金山湾的月影,西津渡的月影,北固湾的月影;可听春的风声,夏的风声,秋的风声,冬的风声。在没有市廛

四季焦山(组照3)/方建良

四季焦山(组照4)/方建良

山碛宝慧
海不扬波

应青山绿水新镇江系列创作展
承语动之邀语署此辛卯吾智勇书

之声的焦山，人若常能用心细细品味这些细微不同的声、影，大概就离入禅不远了，于是就融入了焦山夏的烟萝滴翠，冬的纯净自然。

当然，也有例外……

我和被我戏称为在城市漂泊的灰色"逗号们"，曾在焦山修补过那些已经或将要坍塌的山石、台阶，努力将被人为或风化破坏的断石残垣整修如初。曾有幸经历过一场大风雪，一次绝妙奇观。那天，百万风云骤然汇聚，遮住了西来的群峰。呜呜啸叫了多天的山风，终于按捺不住，更加疯狂地拉扯着摇摆的枯树、石子，向空中抛洒，在山石古树间乱窜，然后转向江面，噼噼啪啪的雨鞭也随之从高天垂下，山下鳞次栉比的寺院屋脊上很快冒起了白烟，真是"大雨落幽燕"！只见山上翻滚着林涛，山下奔腾着江涛，一叶叶小舟在浊浪中搏斗、盘旋，煞是壮观！梁启超先生的诗句赫然在目："一雨纵横亘二洲，浪淘天地入东流"，顿时，苍茫博大的气势塞满了胸襟。渐渐地，耳边的"急雨喧瓦"转成了"雨打芭蕉"，顷刻又转成了"寒雨滴篷"，再后来似乎停了，却又来了好一阵"大珠小珠落玉盘"，由远及近，时大时小，雪珠在山石上蹦跳，在草丛中跳舞——我深知其并非是浔阳江月下听琵琶的意境，在古木修竹间的自然庵里却分明看到了闲吟着"几间东倒西歪屋，一个南腔北调人"的郑板桥的身影。天压云低。溟溟濛濛的江空上，雪，芦花般成片、成团甚至成堆地翻滚着下坠，让人想起"燕山雪花大如席"的诗句，荒寒中一片白色的迷濛里，响着山木被雪压折的嘎嘎声，洁白，掩盖了涌动着青春的流澌和"造反"的痕迹。山寺渐渐幻成一派琼楼玉宇，凛凛然千万树琼花瑶草，茫茫然一片冰清玉洁世界，令人不忍亵渎！此刻的焦山更加沉静，似正在用心听雪，据说落雪的声音只有能用心悟诗的人才能听到，焦山亦有诗心！

"好大雪也！"是"林冲避难沧州"里的叫板，鞋里塞着蒲绒，腰间系着绳索，在别峰庵里避雪的"逗号"们，有人哼起了京剧，百无聊赖的伙伴们随着也唱起歌来，从"北国风光"唱到"知青之歌"，再唱到思乡情歌，唱得天昏地暗，最后戛然而止，才发现荒寒的庵外早已是"千山鸟飞绝，万径人踪灭"了。空寂中有人说："雪和土地应该有故事，土地听不懂雪的语言，故而雪扑向土地"；也有人说："雪掩盖了'文革'中焦山被惨烧了几天几夜的荒径废墟、累累伤痕，雪掩盖了一切污垢浊秽，雪虚伪……"而却我总觉得赏雪宜立身于物外，须悟其冷，悟其清，悟其静。

　　近年少雪。记忆的方舟时时停泊在当年虽是蓬头垢面却不失风韵、独立寒江的焦山。想起当年在"文革"中被勒令还俗、或惨死或病逝的僧人，至今怆然。但有机会饱受湿漉漉的焦山清新空气，在定慧寺前的石径上俯拾千年银杏树落地的银杏果，悄悄地藏三两枝桂花在身，或把玩一只香橼的记忆，总是令人愉悦的。如今，焦山转移了大门，逐年新添了景点，像换了件新衣。桂花园中香气馥郁，万佛塔下梵呗缥缈。居高临下，焦山湾上时时掠过破浪小艇；拾级而上，幽篁古木之间，满眼湖光山色。焦山宜听：听雪、听松、听修竹，听风、听雨、听铜琶，听歌、听诗、听钟鼓，听着听着便觉得河山入座、草木非兵了，人便超然独立了，就不记得什么人生苦旅，便亦澹然了。幽静的焦山，让曾响着黄钟大吕的灵魂与轰轰烈烈的生命都归结于平静，水际的残阳正沐浴着绮霞，身后沙滩上留下几行浅浅深深觉醒的脚印……那次奇雪壮观可得再逢？

　　焦山真该建个十听亭！于月明星稀之夜，约一二好友湖上泛舟，听万佛塔的铃声合杂着流澌及芦影中夜虫的絮语，想来一定别有情趣。今春焦山重游，有《望江南》为证：

　　香第一，手试煮茶团。小圃初梅时入户，禅堂云板几回栏。雪月带残看。

　　文简约，山鸟认残篇。野蕊得阳开亦秀，藤花带雨瘦能妍。十里绕田田。

　　天香国，一鹤瘗焦山。日暮楼台传梵呗，花开法雨到渔船。江月也听禅。

深渊秋色中／杨殿良

焦山访碑记

于文清

曾与焦山碑林的同仁有约，在得闲的时候偕几位书友去焦山定心定意地看看碑刻。六月的江潮很大，游山的人也少，我们便决定在这当口乘小快艇过江。

小艇不大，能容六七人，劈浪如飞，行至江心，忽有人提议，先不忙上山，径直绕到焦山西麓摩崖之下，看看当年《瘗鹤铭》崩坠落水之处，想必也有一番意思。

于是，小艇沿芦滩行进，不时惊起阵阵水鸟，掠过盛夏的芦苇丛，飘然远去，又稳稳地滑翔到水面。小艇渐渐靠近崖壁之下，仰观山石嵯峨，岩花烂漫，颇有几分"江流有声，断岸千尺"的味道。这里便是当年《瘗鹤铭》遭雷击坠水的地方了。

拓古碑 / 王念约

《瘗鹤铭》这块著名的石刻，坠落于滚滚长江之中达七百年，饱受风浪洗礼，到宋代才有人发现江边残石上有字迹，传为奇闻，又有好事者拓数字示人，遂逐渐撩开了《瘗鹤铭》神秘的面纱。

清康熙五十二年（1713年），闲居镇江的苏州知府陈鹏年募工打捞《瘗鹤铭》，得残石五方，存九十三字，砌于焦山寺壁，后移至碑林。早在宋代，《瘗鹤铭》就被黄庭坚尊为"大字之祖"，又有"书家冠冕"的美誉，其书法艺术，已臻极品，故历来为书家所宝，能一睹此铭，亦人生幸事。

焦山西麓摩崖石刻现存百余处，著名的便有米芾、贺铸、陆游、赵孟𫖯等大家题刻。到焦山有两块石刻是必看的，一是《瘗鹤铭》，另一个便是陆游观《瘗鹤铭》的题名了。

陆游的这块观《瘗鹤铭》题名是目前所能见到的唯一的一件陆游的楷书作品，弥足珍贵。"陆务观、何德器、张玉仲、韩无咎，隆兴甲申闰月二十九日，踏雪观《瘗鹤铭》，置酒上方，烽火未息，望风樯战舰在烟霭间，慨然尽醉，薄晚泛舟，自甘露寺以归。明年二月壬午，圜禅师刻之石，务观书。"

陆游的这块题名雍容典雅，朴茂沉雄，可以称得上是他的传世珍品，不仅书法精美，文辞亦称得上是精短美文，题名短短七十四字，未经雕凿，宛若天成，足以与东坡《记承天寺夜游》相媲美，我以为。

看过摩崖石刻，我们便折回碑林扪石读碑。焦山碑林中一些名碑以前都曾看过，每看一遍都有新发现，每来一趟都有新感觉，有些作品甚至是能默记于心的，诸如被誉为"初唐妙品"的《魏法师碑》、宋张即之《金刚经》以及《澄鉴堂石刻》等。然而这次来使我们颇感兴趣的是近年因城市改造而新发现的一批刻石，刚移入碑林，不仅未曾见过，而且确有精品。其中郑孝胥的一块《兴学碑记》最为可观，两米开外的石碑，一寸大小的楷书，刻写精到，殊为难得，的确是焦山碑林新近搜罗到的上品。

今日的焦山碑林在十余年间得到不断的修葺和扩建，构筑了《瘗鹤铭》新亭，集陆游书迹颜其额，宽博大气。新辟的园子内池台掩映，花木扶疏，置身其间，恍若世外，成为人们休憩游赏的好去处。

近几年来，镇江市又斥巨资在当初《瘗鹤铭》落水处及周遭更大范围的江面实施《瘗鹤铭》残石打捞工程。央视《探索·发现》栏目也在这一时段拍摄了上、下集的《瘗鹤铭》专题片，重点推介这一在中国书法史上有着重要艺术价值的著名摩崖石刻，并数次在央

山水镇江／王宏彦

视十套循环播放，向世人展示了这一靓丽的书法文化名片。今年，镇江市还将与中国书协共同举办"中国瘗鹤铭奖"全国书法大展，利用高端平台，打造地方品牌，吸引更多的专家学者前来探访《瘗鹤铭》，研讨镇江焦山的书法文化，使得镇江逐步成为全国书法人向往的地方，同时也进一步充实了镇江文化旅游的核心内涵。作为《瘗鹤铭》故乡的书法人，不禁心生欢喜，意带陶然。

这时，碑林的同仁已为我们在槐荫精舍外枝繁叶茂的广玉兰树下沏好了茶，园子里清风拂面，袭人衣襟。石凳石桌凉飕飕的，芭蕉竹子绿莹莹的，这夏日的浓荫一直遮蔽到仅隔一道院门的《瘗鹤铭》碑亭前。同来的人都拊掌称道，说在这么一个清幽的所在吃茶，是享清福。不禁遥想：陆游当年也在这小园子里吃过茶吗？

浮图

王
川

山　将塔举到七十米的高空，塔又将我举到四十二米的高空，于是，我便凭临着这百米高的栏杆俯瞰长江。鳞次栉比的城市在我的眼中隐去，日夜不息的江涛声在我的耳边消失，嗡嗡嘤嘤的人声也已离我远去。暮色如染，长江如带，笼罩我的，是一种超脱似的岑寂和白日飞升般的快意。包围我的，是四垂的浓重紫灰色。云隙里几道追光泻下，给万里江山平添了一种神秘的宗教色彩。江风冷且烈，横着吹来，令人悚然，然而也令人清醒和兴奋。巨塔的檐角上，五十六只

镇江 塔（组照2）/谢戎

锦绣镇江（组照3）/梁家合

青铜铸成的悬铎发出悦耳的丁零。塔下寺院里，晚课的山僧敲得暮鼓咚咚，与铎声遥相和应，悠远而清凄，似是发自天界。

　　一个人所处的空间位置对于他的心理有相当大的影响。人是匍匐于地的侏儒，面对着参天的大树、巍峨的山岩和高翔的飞鸟，往往会有一种发自心底的自卑和愧怍。而一旦他被举到百米半空中时，一切都会因空间位置的提升而有所改变。诸物臣服，我如君临，指点丈山尺树，寸马豆人，崇高感自会从心底产生，他会凭借自己的伟岸而将自己物化，既会有"荡胸生层云"的豪迈，也会有"一览众山小"的狂妄。因此而生发的当然还会有宗教感。因为身在高处，与凡尘拉开了距离，与自己习惯所见的景象拉开了距离，而与不可知的溟濛靠得更近，人的精神就必须有所依托。几乎世界上所有的宗教都相信神栖于高处，为了达到神人共语、天人相通，高耸的宗教建筑也就此产生：

埃及有宏伟巨大的金字塔；古巴比伦有阶梯通天的庙塔；天主教有锋芒毕露的钟楼；伊斯兰教有尖细瘦长的宣礼塔；而佛教则有头角峥嵘的佛塔，无一不是直指苍穹、凌虚欲飞的巨灵族。嵯峨的建筑物。

压迫着信徒的自尊心，使他们变得渺小，使他们心生恐惧，使他们震慑之余的灵魂得以皈依和飞升。

然则，在此刻凭栏送目的却并非只我一人，在我的背后和身边，猛瞳炯炯地瞪着这水天一色世界的，至少还有一万多尊非凡的神祇。它们群栖于这座七层的万佛塔之上，一个个神采奕奕，毛发飞动，或是手作印相，或是捧持法器，或是静坐打禅，或是讲经说法，或是盘膝趺坐，或是相拱而立，嘻而笑，怒而飞，手之舞，足之蹈，向这静穆的大千世界作尽万状千般样。

孤高耸峙的万佛塔，是暮色四合的江天中最具情韵的风景。

塔是中国文艺作品里永恒的美好题材。

或许是因为塔形瘦长似人，所以塔最能获得人们的赞赏。遥遥塔影是对无人空山、瘦水寒岚的一种美丽点缀，是对风尘仆仆的寂寞孤旅的一种温情召唤。冷月霜晨、野渡板桥、古刹钟声、蹇驴老僧是中国文人取之不尽的诗情画意，在宋元人的画中，古寺塔影总是不可或缺的点景。重山叠嶂，竹锁桥边路，烟霭起处，万丛翠绿中，梵宇琳宫，隐隐塔刹一现，全景就活，那总是一种写意的召唤，也总是一种诗意的阐发。不能想象长安南郊的乐游原上消失了大雁塔雄伟的身影，也不能想象大理的苍山脚下缺少了三塔的秀姿。白塔是北京城的商标，雷峰塔的倒塌成了杭州城的缺憾。一座没有塔的寺总是不完全的风景，而一座没有寺的塔却能勾起人们的思古幽情。

镇江 塔（组照3）/ 谢戎

　　多年来，我只是一名塔的旅游者。在阅尽了天下名塔之后，我突然和一座塔非常接近。塔从我的眼中走入了我的笔下。

　　相信绝大多数画家都没有机会来为整整一座塔作壁画。我为这个任务的罕有而自豪。

　　邀我画塔的是一位高僧，中国佛教协会的副会长茗山大法师。画塔对我来说纯属偶然，然而造塔的缘起对于他来说却是一个终生的凤愿。茗山法师是焦山定慧寺的方丈。焦山位于江苏镇江东北的长江中，

一岛孤峙，四面环水，交通不便，不利舟楫。但对于有心参禅悟道的隐者来说，这里江声四面，朝看秋水共长天一色，晚观落霞与孤鹜齐飞，宜樵宜渔，是再好不过的清静之地。从东汉起，这里就有了佛教的茅棚草庵，有了高僧隐士的竹杖芒鞋，一千八百年来一直是佛家的香火宝地。此寺内原本无塔，直到元代因官员周文英渡江时为风浪所阻，发愿建塔，焦山从此才有了佛塔。但塔建成后仅百年就被入侵的倭寇所毁，茗山法师对

镇江 塔（组照4）/谢戎

此沧桑了然于心，为了弘扬佛法而重建万佛塔就成
了他骨鲠于喉的一个夙愿。

　　建造七级浮图，这是佛家的头等功德大事。为
了筹集到建佛塔所需的巨资，茗山法师顾不得身体
羸弱，数度亲赴中国台湾和新加坡。他是佛教高僧，
又是书法名家，讲经说法，举办书法展览，四处募化。
赤道日暖，南洋风热，已是八十高龄的老法师竟亲
自手捧着自己在"文革"中泣血抄写的《金刚经》，
默然坐在街头义卖，最后得到了新加坡居士林司理
李木源的协助，由居士林的众檀越来筹集建塔所需
资金，老法师的夙愿才得以实现。

　　万佛塔是一座仿明清式的建筑，须用中国传统的
手段来装饰。除了在塔内供奉三世佛四大菩萨共一万
余尊外，还须在塔上遍布壁画。这些壁画的面积极大，
遍布整个塔身，包括塔的外部、天花藻井、地宫和玉柱。
万佛塔除天花藻井用重彩绘制外，其余全部烧成唐三
彩陶板来贴饰，从而形成一座江南地区少见的琉璃塔。

　　塔身要遍饰护法诸天。七层八面五十六个面，每
层的尺寸都各不相同。每尊神祇的相貌和装饰都各不
相同，身着的服装既要符合人物身份，更要有所根据。

佛相庄严，菩萨低眉，金刚怒目，飞天婀娜，都要各有个性。

再加每个券门上要画一尊化佛，塔身内部的天花藻井上，还有飞翔盘旋的飞天。林林总总，七彩斑斓，两个加强连的建制，都是等人大的尺寸，其工作量可想而知。

地宫是佛塔里最为神秘的地方，也是僧人们藏匿佛物和舍利之处。八根用南阳碧玉做成的五棱玉柱齐齐地撑定了顶棚的天花，柱身上镌刻着精美的浮雕。碧玉柱的四周，是地宫的八面墙，上面画有一巨幅连幛的壁画《万方礼佛图》，用重彩画出了佛教从诞生到在世界各地传播的情况，图的全部用唐三彩陶板烧制而成。整座万佛塔的上下内外满布的佛、菩萨、护法诸天、飞天、供养人和僧众信徒的画像大约共有六百身，壁画的面积超过了五百平方米。它们七彩斑斓，各具神态，构成了一个独特的佛教世界，也构成了一个独特的艺术世界。

2001年6月1日，茗山法师因病不治，终以88岁的高龄含笑圆寂。按佛家规矩，他的舍利子被安放于塔下地宫的宝函内瘗藏，地宫也随之永久地被封存，不再开放。当地宫的最后一块石板盖上以后，永与茗山法师相伴的，只有我所绘制的那些壁画了。如果五百年后有谁开掘了这座万佛塔的地宫的话，我也成了文物。

南山晨雾（组照4）/ 何克

林 觅

莹 溪

常常喜欢一个人去登南山，酷暑严冬不辍。

南山很清幽、很文化，也很深邃、很神秘。

最喜欢循着那一条条若隐若现的羊肠小道走进密林深处。而一到那里，便"不知有汉，无论魏晋"，进入了一个人的世界。

褐色的树干褶皱成一副副老态龙钟的面目，弯弯直直的枝条一律率真地叩问着苍穹；岂止菊花抱残枝头，诸多黄叶也明明灭灭蹲守枝杈迎接新叶的萌出；地表一层层叠加的枯叶使人踩上去尝到了"征服"的快感；哪怕是刚落过一场雪，枯叶下总有些小嫩芽犹犹豫豫地探出头来张望人间；不时有一大片青石裸露出来，展示着自己美丽的纹理，有些竟已脆若薄饼，手一捏即成齑粉；太阳从天空低下头颅，自林梢间洒下些许光热，以示自己的平等施与；风亦来凑趣，总想弄出一些动静，带走一些什么；三两声婉转鸟鸣竟如清泉越石一般剔透悦耳。蓦回首，一幅林外山峰的剪影扑入眼帘，认真印证着"山外青山"的古语；猛抬头，一圈枯藤荡在半空缠绕成硕大的蛛网状，昭示着山林的幽邃；一蹲身，一簇浅紫色的小花摇着迷你小铃铛，又向你讲述着山林里的童话，伸手欲摘来一嗅，但随即缩回，"路边的野花你不要采"，原来其实说的是现时之情状！

只身行于山林，眼前空山，目中异地，耳旁清风，上下山光，前后树色，引人步入一个空濛的境界。在我之前，有谁来过？古人？今人？樵夫？仕人？老者？后生？他们来砍柴？采药？赏清风明月？抑或只是从这里赶路、进城、返家？那么，这山有几百岁还是几千岁了？山中的花草寂不寂寞？它们会不会在没人的时候眉目传情、耳鬓厮磨，或褒贬世事、高谈阔论？它们羡慕人类吗？它们更喜欢山外的世界还是山中的乾坤？林中的巨石，它们自古至今都经历过什么，见到过什么？它们会为自己的逐年风化瓦解而苦闷恐慌吗？年年岁岁花叶相似的林木们，是向往人类自由而短暂的一生呢，还是愿意囿于原地而活过百岁千年？山中的月亮一定比城市的月亮清新可人吧？山中何人初见月？山月何年初照人？……

不知道，不知道！

那么，脚下的这条林间小道通向何处呢？既已踏进来，就没有退出的理由，只有向前，即使前面已没有了路。随着山势，上坡——小碎步冲上去，下坡——蹲下身挪下去，一直走，一直走，前面总会有点什么吧？前面会是什么？

有时，是一座从未到过的小村；有时，是一片墓地；有时，是一个悬在半山腰的张着大口的山洞；有时，是一个开满鲜花的山谷；有时，竟是一座金碧辉煌的庙宇！总会到达目的地，一个事先未知的目的地。

下一次，我又会踏上另一条林间小路，进行新的探寻。终于明白，我在林中一直寻寻觅觅的，原来是——未知！

行走的风景

刘彩霞

金山小景 / 蒋春莲

初次踏上南徐大道，便被她的美深深地吸引。

正是春意枝头闹的季节，在去南山的途中路过此地，恍如置身花海中，顾盼流连的樱花、摇曳生姿的迎春、欢天喜地的海棠……最让人悦目的是路中宽阔的绿岛，在城市中绝不多见。绿岛的美是有层次的：茵茵绿草铺就柔软的地毯，葱茏的灌木丛掩映其上，再往上延伸的是高大乔木，或是榉树，或是香樟，或是女贞，成串的绿色让人的眼睛一刻也舍不得离开。不时有婉转的鸟鸣声散落在树叶丛中，空气里流淌着丝丝清新的草和缕缕淡雅的花的味道。如果不是因为路上有车来车往，我一定会误认为这里是一座偌大的天然公园。宽阔的道路两旁，一边是如黛的青山错落有致，一边是漂亮的高层住宅鳞次栉比。穿行在绿意盎然的路上，左眼能阅尽满山的

苍翠，右眼能阅尽现代的气息，人与自然能如此和谐相处，相得益彰，"城市山林"的景观几成绝版。

而今，这是我每天上班的必经之路。四季的更迭、晴雨的变换，路上每天都有不同的迷人风景。春天，仿佛就在一夜间，花儿们同时约好了绽放的时间，乱花渐欲迷人眼。路边，沉睡了一个冬天的山一座座渐渐苏醒过来，开始释放储存了很久的能量，满山的树一天绿似一天，带给路人的不仅仅是眼睛的愉悦，还有滋养身心的清新空气；鸟儿们和蝶儿

莫非 撰／杨镇 书

江南春色／徐志敏　王勇胜（合作）

们也醒了，在路中绿岛的丛林里悠然自得地啁啾欢歌、翩翩起舞，空气里混合着花花草草的香味，沁人心脾。行走在路上，仿佛自己也融进了浓浓春色里，成了一只栖在枝头欢快歌唱的鸟儿，或是一朵开在路边笑脸相迎的花儿……

路边树丛里的阵阵蝉鸣宣告了燥热夏天的来临，虽然路旁的春花大多凋谢，路却并不寂寞。叶儿们前拥后挤地将树枝的一丛丛空白填满，蝉们此起彼伏的高亢练声给路带来了空前的热闹。炙热的阳光烘烤着大地，路旁的一丛丛浓荫带给夏日里的路人阵阵凉意。夏日的清晨如果行走在路上，鼻子时而会被阵阵幽香萦绕，循着香味寻找，你会发现原来是路边星

星点点的白花散发出来的香气，初夏栀子花的清香便会深深地记在鼻子里，从而带来一天的好心情。

天渐渐越来越蓝的时候，秋天迈着金色的脚步越走越近。路边的树们腻烦了每天穿的绿衣裳，开始悄悄酝酿着为自己换装。簇簇桂花羞赧地悄然绽放，将沿路的空气浸满香甜的味道。路上树丛的色彩日渐堆叠出不同的层次：有些树叶从一片叶子开始变黄；有些是约好了一同变黄；有些树叶从树梢往下依次是红色、橙色、黄色、绿色的渐变；还有一些依旧保持满树的苍翠。

不管是哪个季节，也不管是哪个季节里的哪一天，行走在南徐大道上，都仿佛行走在一幅美丽的绿色画卷里：碧空、绿树、红花、飞鸟、车流、路人……扑面而来的风景总是

令人应接不暇，呼吸着森林氧吧般清新的空气，整个身心都会无比轻松。虽然只是城市中的一条路，但是沿路的磨笄山、黄鹤山、黄山、茶砚山等山峦似一颗颗绿宝石缠绕其中，赋予了路更多的历史和人文气息；路中的绿岛，或是树木成林，或是花开遍地，每一处都能成为独秀的画面。一边是山林美景尽入眼帘，另一边是现代建筑层出不穷：市政府新大楼、万达广场的建设工地上工人们正紧锣密鼓地干得热火朝天，

大楼的框架已基本形成，有山有水，想必建成后一定能为整条路增光添彩。正在建设中的文化公园、规划馆建成后一定也会让路上的风景更添生机。

偶然的机会，看到一幅南徐大道的空中俯视照片，心灵久久地震撼着：整条路贯穿城市的东西方向，似昂首飞腾的巨龙蜿蜒逶迤在山林中，带给我的是动感的美。而每天行走在路上，享受的则是安静恬然的美。其实，道路不仅仅是传统意义上可以行走的，也可以是用来欣赏的灵动的风景。

招隐读书台／庄岱辉

南山秋色／柴樵

秋在南郊

张晓波

走在路上，冷不丁地，一片落叶碰着你的肩头，而后滑落、翻转，静静躺在地面，好似一位不期而遇的老友，在哪个转弯角落处，与你打招呼："嗨，伙计，又见面了。"

是啊，叶子都黄了，而这秋风那么清凉，这么娴静，必定是从南郊吹来的。也许是南山多情，特制了一份请柬送与有心人。没有世俗的盛宴，只以一季秋色相邀，而谁又会忍心拒绝？

秋在南郊，山顶那方天空，往往找不着一丝云彩，极像一个清澈明净的湖泊，而从中央到岸边，是依次深浅的。

那满山秋色：一树绿，一树黄，一树浓，一树淡，清气逼人。风过山林，枝枝叶叶奏起了抒情的音乐，全然没有半点悲秋之感。有时又似乎有神示，一抬头，望见了零星挂在树梢、留恋枝头的叶子，像一年中剩下的为数不多的日子，心脏似乎被重击了一下，猛然警醒了：哦，年过中秋月过半了，此时心头还是会涌起些许凉意的。

　　最爱文苑后山上一片漫无边际的竹林，凝视时，枝叶还青得滴翠；而放眼望，整个竹林又沉静得如同一口古井，这，恰恰最具秋天的况味。竹林边有一些深紫色的浆果，从无人理睬，于是个个扬起小脸，一副孤独而倔强的神情。

　　往八公洞方向，随处可能遇见野菊，她们泼了命似的在路边开放，洒落膝前如一场及时雨。简单的枝叶，朴素的花朵，浓郁的香气，再怎么多都看不出繁华的意味，与清简的村舍、零落的篱笆、空旷的田野，倒有极为熨帖的气质。

　　迎面走来乡下孩子，蹦蹦跳跳，欢躁得很，个个脸都像经霜的苹果，红得透亮。谁说的：农村孩子才是土地上最健壮的庄稼。是啊，只有他们不怕岁月的轮回。无论什么季节，都一茬一茬拔节般地成长。

　　山在，树在，村庄在，农人的粮食在仓囤；还有秋色在，岁月在，我恰好也在，还要怎样更好的时光？我见南山多妩媚，料南山见我亦如是……

逸居图／马宏峰

春天的故事 / 卞恒庆

南山有个学林轩

丁小玲

南山晨雾（组照 5）／何克

我们的城市山林总让人神往，乾隆爷曾说："金山似谢安，丝管春风醉华屋；焦山似羲之，偃卧东床袒其腹"，那么，北固当是"撑起两根硬骨头"的武士，而南山则是"养活一团春意思"的老子了？

南山是文人的心结。若干年前不经意的一瞥，竟发现：峦峰耸翠，青岫缭绕的南山一带，招隐山与黄鹤山山势最为突出，恰如两位高士在进行一次亘古至今的对晤，抑或是在对弈？他们入定了般地坚守着宽袍大袖间那一方棋枰也似的平地，人便是其间的棋子了。若缓缓地穿过几泓春水、几树桃花、几个散落的村庄，便走进了疏疏密密、浓浓淡淡的水墨丹青："燕子来时春社，梨花落后清明"；炊烟菱舟，渔歌樵唱，永远是人心中恬静的歌……在这细鸟啁啾、山花杂陈的小路上，除了丹甫赘述在此隐居的高人身影，还走来过唐骆宾王、张祜、李涉、刘禹锡；宋梅尧臣、曾巩、王安石、文天祥、陆秀夫；元明清时陈维崧、萨都剌、笪重光、王世祯等墨客文人，若将他们的身影连接起来，就是一部熠熠生辉的文化史……千岩万壑，松萝竹影，行走在其间，无异于行走在绍兴山阴道上。我没有去过绍兴山阴，听说山阴道是一个缠绵的诗结，总佩在中国文人的胸口，那么，我们南山小路亦应是一条飘在书生衣襟上的素净丝带吧？都说山阴道对外地文人来说，是一个渴望永久的梦想，一个江南文化的

南山烟云／余承善

意象，走进山阴道就无异于走进唐宋明清山水诗歌长廊，而走进我们南山，也该算是步入了中国文化丛林了吧？

　　这是一个耿耿心结：四十多年前，不知何故，渐次颓败的竹林寺里，突然办起了中学。每日一群半大学子跋涉一小时穿城来读书，其主课却是养兔、挖树坑、栽树，间或也学生物、化学，他们也能将门捷列夫化学元素表倒背如流。春晨，竹林寺前的碧溪边数百株桃花灿烂一片；夏暮，淙淙的山水里徜徉着清月；竹敲雪窗时，树影纷繁的古寺里，不太明亮的灯光下有学子们的青春之梦：亲手嫁接出硕大的苹果、梨是他们稚嫩的骄傲。其时，学子们欣喜地扛着、背着一肩秋实，歌于途、休于树，前者呼、后者应，古木森森的南山焕发出了勃勃生机。

儒境千秋堪引凤

文心一片可雕龙

项光来 撰

项光来先生联 润州鹏飞书于揽风阁

为寿诗书满九夏
辛卯之春日

一编文选范千秋
曾小云撰绿 范口德平忠

曾小云 撰／范德平 书

不幸的是，历史突然拐进了岔道。日日远山近水、小桥凉亭、田园农舍，一切诗的意象突然显得平淡庸常。四季都在大草帽下的这帮顶着父兄"成分出身"不好的、少不更事的半大孩子们突然醒来，憎恨自己与生俱来的命运塞塞，校舍凋敝，稼穑艰辛……在一股莫名的烦躁鼓动中，他们也跟着去造反，先砸翻了自己的竹林寺，然后是招隐寺、鹤林寺……

十风九雨，百劫千灾……南山也有伤痛！

如今，汽车穿城而过直至南山脚下。依然是曲折环绕的山路。白头学子几度重来，几度迷津。曾经的绿野桑田中，三丛五居地散落着农家小楼，老树横卧，野鸟无名。山径转入林荫深处，一曲"洞庭黄鹤几时还，水自清清月自闲。千古才名余致爽，好留彩笔看青山"悠悠飘出；又一曲"读书曾爱杜鹃楼，霜叶红时坐未休。别后烟霞常入梦，重来松菊正逢秋……"款款撩人。修葺后的山寺，记忆或许已经漫漶？南山的松涛竹声依旧苍凉。醒梦边的回望是甜蜜？是苦涩？是感叹？走在诗情古风里，走在树色迷离中。

门坊前依然杂石铺路，石古苔圆。目光尽处，那两位高士的对弈还在继续，四围起伏的山峦，仍旧如高士的裙裾般皱褶着。南山丛林中有戴颙斗酒双柑泛舟打桨的身影，有刘勰剔扶爬梳的身影，有增华阁里昭明太子披书的身影……也许在黄鹤山东坡书院的苏东坡仍在为"根到九泉无曲处，世界唯有蛰龙知"的犯上之句沉思；也许在黄鹤山杜鹃楼研创大小雨点的米芾过于痴迷，以致前些年在南山高士的衣襟边，突兀地筑起了个碧榆园也浑然不知。不过，当有一天他们真的从沉酣中醒来，他们那过于睿智的目光投向对面南山时，甚至并不为

瑞雪兆丰年 / 方建良

棋局的未完而愕然，也不为沧海桑田而诧异，他们之所以选择了黄鹤山，是因为他们深知早于他们千年的戴颙、刘勰、昭明迟早有一天都会醒来，在竹林寺边千万竿的绿荫中，在林公泉的淙淙泉声里，在碧榆园的小莲池前，在翘角飞檐的文心阁内，在黑瓦白墙的学林轩朗笑、聚首。夹竹桃红白同株，牡丹王妩媚端庄。学林轩里四壁上高标着戴颙的《广陵散》、刘勰的《文心雕龙》、昭明太子的《文选》、祖冲之的圆周率、沈括的《梦溪笔谈》、刘鹗的《老残游记》、甲骨文……葛弘、苏颂、宗泽、陆游、辛稼轩、杨一清、郑成功、茅以升、赵声……从史前到汉，从唐到宋，从明清到现代，一位位先贤哲人在文学、天文、算术、桥梁方面创造了奇迹。贤俊与贤俊联袂，学者与学者比肩，英雄与国士相揖，诗人与平民携手……我不知其间有多少世界第一、全国第一，也弄不清在没有计算机的情况下，他们如何守着灯儿反复演算……真的不可思议！这里的山山水水里流动着书气、浩气、灵气……这里每

挪开一块顽石，便能踩中一段历史，莺歌鹂啭里也有传奇。那些名标学林轩的仁人志士的名字，如长空中熠熠夜星，照亮了一方天空！如今的南山雾清瘴开，尽现巍巍。风竹萧萧，山泉清冽。任何来这里徘徊的人都只能仰视！

年轻时我们总眺望远方，为希望、梦想奔跑。端的是筚路蓝缕，一点都不体味戴颙的"俗耳针砭，诗肠鼓吹"！眼前是一片黛瓦，一条幽径，一行足迹……在人生的边上，真想做一棵学林轩边的小草，听听那些哲人先贤的高谈。正如一句歌词所唱：即使明朝逝去，也要长眠在你的怀抱……

长山人家／丁建中

『听鹂山房』是那么静

景异玮

从淡红色的喙中转出的声音，在山间显得格外的清亮。或拾级上行，或亭间小憩，植物混合的味道在徐徐微风中让南山的空气也变得那么清香。半坡的淡粉和成片的深红，是泼泼的杜鹃花，在不骄不躁地开着。今天的招隐已不是南朝的深山了；今天的黄鹂虽然不是南朝的黄鸟，但它那华丽的色彩和鸣叫的声音却依然美妙，让人心动。双柑斗酒是放在那块石头上吗？着一袭长衫的戴颙坐在那，一会儿抚琴凝思，一会儿阿哦吟唱……森森树木，泉水叮咚；雀跃枝间，鸣声婉转，似乎都在与戴颙那颗音乐之心唱和。春来了，携双柑斗酒进山——开始友人不解，一声询问："你携酒哪去？"他响亮回答："往听黄鹂声，此俗耳针砭，诗肠鼓吹，汝知之乎？"日复一日，他不厌往来，他唱他写不亦乐乎。

父亲是隐士，戴颙和哥哥戴勃深受父亲精神影响，同做隐士，专心研究音乐。父去世后哥哥又病了，为筹钱给哥哥治病戴颙才走进红尘，从安徽来到了镇江。哥哥去世后，戴颙又隐于南山。《宋书·隐逸传》中说他和他哥哥"各造新声，勃五部，颙十五部，颙又制长弄一部，并传于世"。我看一则介绍他的文章说，戴氏兄弟的音乐创作新声之多，在早期琴家中是罕见的。戴颙奏的曲"并新声变曲，其《三调游弦》《广陵止息》之流皆与世异"。戴颙也对民歌进行了加工改编，"尝合《何尝》《白鹄》二声以为一调，号为《清旷》"。我不懂音乐，没听过他的任何作品，却知道他给音乐后人的影响是很大的。是父亲给了他音乐的灵魂，他给了自己传承的责任吗？

"听鹂山房"是谁为纪念戴颙而建造的？半山闲居、雅致文气的白色建筑，虽少见了古木森密黄鹂巧鸣的清幽，但那安静文气的建筑却给人怀想的愉悦和追思的情怀……"听鹂山房"静静地让戴颙走进了游人的心里。

看那层层绿和片片红点缀着古树和溪流，它们是今天南山的主人。那边的昭明太子也选南山为的是清静读书，并留下了著名的《昭明文选》，他和文人在编文选时不知有没有被黄鹂的妙音打动。南山自然之精华滋润了博大的中国文化，但戴颙不会想到，这块养心怡情的僻幽之地，经过一千多年岁月的淘洗，已发生了很大的变化，今天人们看到的是美丽的南山，人们也在"听鹂山房"前怀想这位高隐的精神和他对音乐的贡献。

桂子飘香 / 蒋红顺

山水清音美招隐

陈祥泰

深邃清幽的美景吸引了南朝刘宋时期的高士、不愿做官的大艺术家戴颙来这里隐居，听鹂操琴，研习艺术。招隐山由此得名。

在建康（今南京）皇宫里生活的南梁昭明太子萧统也选中这里筑屋归隐，读书养性，并召集文人于此在上起周代下迄南梁间的浩瀚文海中精挑佳作，选编诗文总集，从而诞生了中国文学史上现存最早的选集《文选》。《文选》为招隐山增辉，直至今日，昭明太子读书选文的增华阁仍是山中最吸引人的地方。

南山的诸多峰峦，黄鹤、夹山、招隐、小九华四山，以自然风光和深厚的文化底蕴自古就负有盛名，其中又以招隐山为最佳，可谓物华天宝、人杰地灵。此山隐邃深幽，花木繁茂，从山麓到山巅，荫翳苍翠，古木参天，除松、柏、榆、杉、枫等树外，有修竹万竿，以前还有梅林和桃林。一年四季，山间泉水淙淙，花香鸟语，清幽宜人。

迤逦连绵的宁镇山脉过了镇江便戛然而止，像伟大不朽的乐章一样，越是接近尾声越是高潮迭起、震撼人心，在镇江境内的座座山峰无不风光旖旎，令人流连。正是这些灵气袭人的青山，使镇江南郊成为美丽而清幽、又带几分神秘色彩的南山风景名胜区，也是有名的国家森林公园之一。

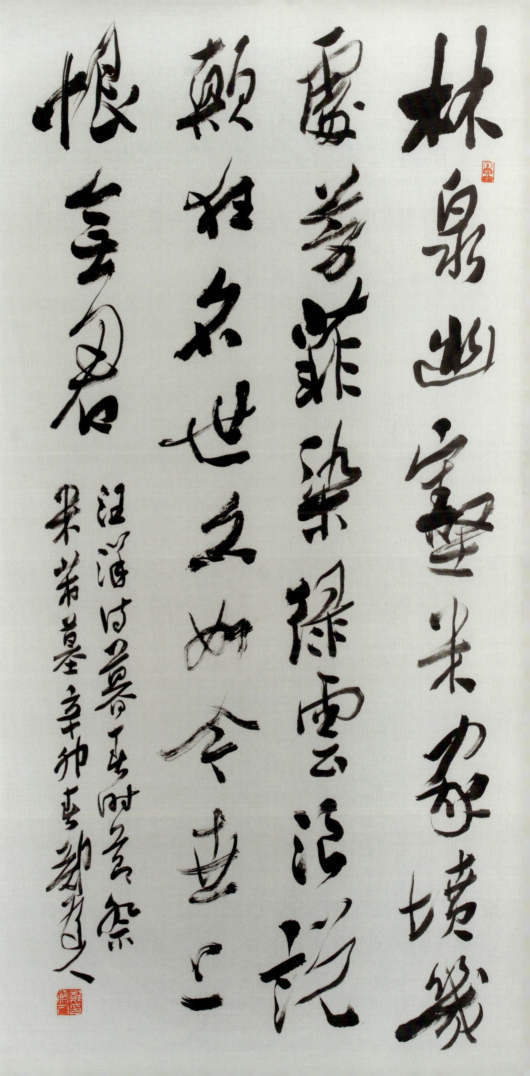

汪洋 诗／郑为人 书

南山秋意／解荣新

唐代骆宾王、王昌龄、刘禹锡、张祜，宋代苏轼、米芾、周敦颐、苏舜钦、曾巩、王安石，元代萨都剌，明代陈继儒、邬佐卿，清代王士祯、王文治、鲍皋、张崟、周镐、潘思牧、女诗人陈慈珠等著名的诗人、画家、书法家都在招隐山留下足迹，或写过赞美招隐山的诗文，或绘画过招隐山的景色。他们因招隐山而创作激情澎湃，招隐山及整个南山也因他们而名扬四海。

而今，整个南山风景名胜区更美、更吸引人了；招隐山的景色更清幽秀丽、更醉人了。

人们记得，十多年前，市里下令将南郊大大小小的采石场全都停产关闭，五年前市里又花大力气将地处南山风景区及附近的四家水泥厂搬迁，其中一家隶属于上海铁路局的大型水泥厂距招隐山仅一里地之遥。

人们看到，消失若干年的梅林、桃林在近年得到了恢复。占地一大片的"梅岭"出现在进山门后道路左侧之山坡上，腊梅、红梅、绿梅、白梅……密布梅岭，花开时节，赏梅人络绎不绝，徜徉在怡人的梅海里，不思归去。

人们还看到，为弥补"镇江南郊诸峰，招隐尤佳。然水唯虎跑、鹿跑二泉，诚美中不足"之憾，在进山门后道路之右侧，与梅岭隔路相对，新增了一泓面积约4000平方米的湖泊，这是2006年竣工的人工开凿之湖泊，为应景，取名"山水清音池"。池四周间种着垂柳与桃树，阳春三月，翠柳飘拂，桃花灼灼，黄鸟娇鸣，别有一番情趣。池中天光山影，锦鳞嬉戏，石桥曲折，清波涟涟，令人赏心悦目。

仁者乐山，智者乐水。在这里，仁者智者俱得其乐，招隐完美矣！

浇铸 / 李新玉

老屋门前留个影 / 文雯

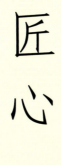

匠心

陈泰龙

正是树木葱茏、百卉芳菲的时节，南徐大道的生态之美让人心仪和向往。这条大道建成怕是有十年了，"车在山间行，路在草中延，人在景中游，鸟在林中飞"的韵味依旧那么浓烈。整个大道依山造景，广植草木，百种树木竞显风流，展示了生态交通走廊新景观。绿化面积36万平方米，珍稀树木品种240多种，有30%的种类是第一次移植到镇江这块土地上。这里即使是隆冬时节，行走其中，你也会被那茵茵绿草的春的气息而陶醉。

应该感谢建设者的匠心。随着城市建设的快速发展，尤其是南徐新城的崛起，入住万科、国际冠城、南山景园、君临南山楼盘的业主增多，传统思维都希望这里能够成为市井繁华、店铺林立的逛街宝地、购物天堂，但是建设者初衷不改，他们恪守着这条生态大道的定位，没有因城市建设的快速发展而改变，也没有顺应世俗的追求而"破绿开店"。

这一点是我在搬入新行政中心大楼办公后才感悟到的。

和许多地方的新行政中心一样，我们的大楼前也有一个宽阔的广场。

那天，2000多名公务人员举行"入住"宣誓，也只占了广场的"冰山一角"。可放眼望去，广场似乎并不大。映入眼帘的是无边的花草和树木。一堆堆土丘、一簇簇花草、一丛丛灌木、一棵棵大树，将广场分割开来又包围起来，说不清是树木掩映在广场之中，还是广场将树木连成一片。越过那土丘和花木，是一汪未名的湖。湖的更远处是苍翠欲滴、逶迤起伏的山峦。

终于在一个黄昏，我走进了广场。是谁说过，没有大树便没有历史，没有小草便没有文化。我行走在土丘、灌木、大树、草坪之间，盛开的杜鹃与一些不知名的花向我点头致意，浅浅的草坪以无边的绿色给我以不尽的遐想，最是那大树，给我以惊讶和欣喜。那树，都是一些参天的大树，有的有"碗"粗，有的似"盆"大，树干上虽然都绑着草绳，枝头的绿叶却向天空尽情地伸展。过个三年五载，当大树的枝头绿荫婆娑，这里便是一片密密的树林。

湖是广场的眼。没有这一汪碧绿的湖水，广场便少了许多飘逸和灵动。湖面不大，但放眼望去，还是很舒怀的。湖水很清，天空是怎样的颜色，湖水就是怎样的颜色。天空是蓝蓝的，水就蓝蓝的；天上有一朵朵云彩飘荡，湖里就有一片片云彩在摇晃。湖边的小路沿着树木在蜿蜒，转到偏僻处，便有了"野渡无人舟自横"的意境。

似乎是顿悟，沿着湖边散步的时候，我发现，这广场和其他地方行政中心大楼前的广场有不一样的地方。别处的广场一览无余，和广场前的大道、大道上的车水马龙直接相连。我们的广场妙在与南徐大道相接又不相连，在湖与大道之间，有土丘、草坪、灌木和盛开的花儿隔开。岂止是广场呢！广场南边的城市规划馆率先落户于南徐大道，临街的绿化带郁郁葱葱、生意盎然。那次，驻苏全国政协委员座谈会的100多位代表前去参观，五六辆考斯特，外加开道车、电台直播车，车水马龙停在馆前的广场上，南徐大道却是波澜不惊，井然有序。再看看广场东面拔地而起的几幢高楼，临街却不留停车的空间，留下的依旧是绿化，细心的人会发现，在高楼的北面有一个共享空间。

暮色渐渐拢来，透过花木草坪朝广场望去，广场的宏阔和诗意若隐若现。广场上，休闲的市民多了起来，年轻的母亲，有的推着童车，有的带着小孩在悠闲地走着，几个稍大一点的儿童在打闹嬉戏，几个放风筝的男子仍然拽着手中的线，任风筝在天空翱翔。我和一对散步的中年夫妇相遇，他们住在"华都名城"。那里，以商业地产闻名的"万达"，正在打造一座商业中心。他们从"商业中心"走进"生态中心"，只需花10分钟的时间。几乎每天傍晚，他们都走进广场，走近湖畔，领略这里的生态之美……

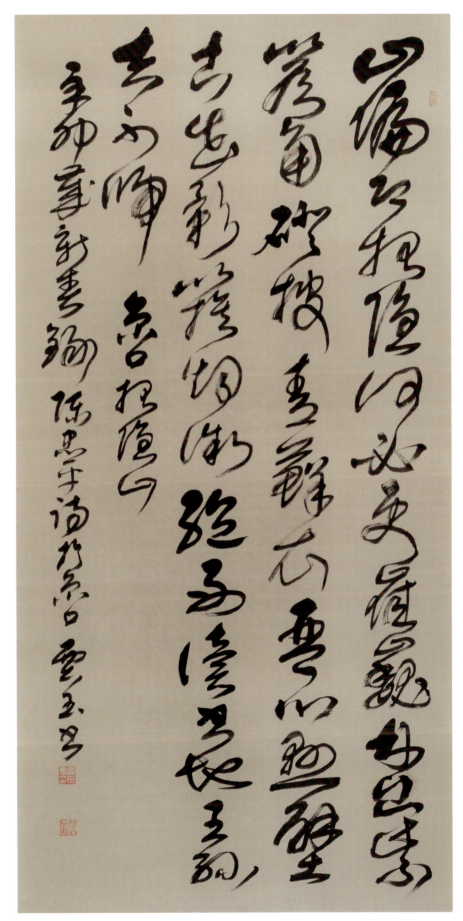

陈忠平 撰／贾玉书 书

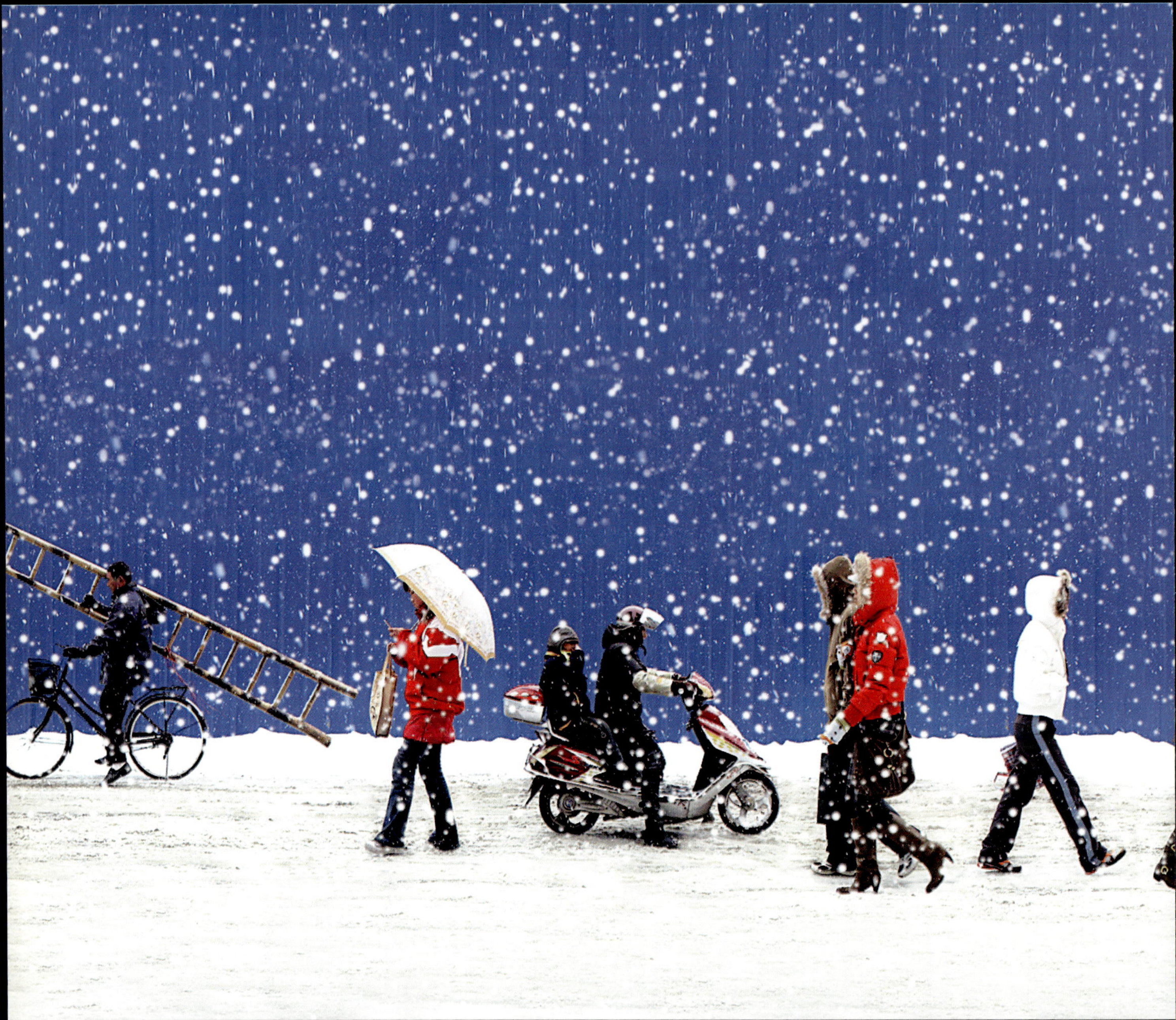

瑞雪祥和 / 赵国华

晨练 / 王念约

最爱镇江古城公园

步小妮

这是一段唐代晚期夯土技术达到巅峰时期的古城墙，整座城墙没有一片砖瓦，北距长江 700 米。我所处的东城垣，长 600 多米，是保存最为完好的一段。城墙因山为垒，缘江为境，是目前江南遗留至今的几座依山而建的六朝及唐代城址中最为典型、保存最为完整的古城墙遗迹。

这里现已开辟成古城公园，现代化的建筑理念与古城风貌融为一体，是千年镇江的一个缩影。我常常驻足其间，任柔风拂面、白云萦怀。缓缓拾级而上，两旁绿树葱茏，长长的枝叶交错相拥在台阶上空。夏天整个石阶便笼罩在浓荫之中，空气无比清新。这里是我在烦躁岁月里栖息逃避之所，是我快乐的所在。我每天早晨送儿子到幼儿园后便来到这里，聆听柔风的细语，静观天边的云卷云舒，让江南丝丝柔柔的春雨淋湿我的长发，淋透我的心，夏蝉为我倾诉，秋虫为我呢喃，冬雪为我铺就一片纯净洁白的世界……

　　不用数，我知道到达城墙之上的台阶只有150级。原坑洼不平的台阶，全部修整平实，两边新修建了古色古香的扶手，给古老的阶梯注入了新的活力。这里有很多不同年龄层次的人在做运动，我也加入了这个行列，爬台阶就是运动项目之一。150级台阶对于我来说实在不算什么，我能连续爬十个以上来回。运动的确能使人快乐，它经常让我激情飞扬……

家园／方建良

酒的传奇／张群

城墙之上崭新的回廊，蜿蜒伸向远方。在阳光的照射下泛着暗红的光，像一个温婉的古代美女的手臂罩在红绡里。坐在廊边看那随着山势起伏的茶园、古亭和错落有致、质朴典雅的仿古建筑，与周围景致浑然相融，不得不令人赞叹人工的巧妙。整个城墙之上花木疏密相间，形态天然；乔、灌木错杂其间，野趣天成。

耳边飘来悠扬的笛声，整个古城公园便浸润在优美旋律中，一切是那么和谐，那么幽雅。我知道吹笛人一定又躲在半山腰的树丛中。我喜欢坐在城墙的最高处，看着古城墙游走在鲜花与绿树丛中，伴随着长长的笛音随思绪飘飞。那优美的笛音又仿佛是游龙的吟啸，亦古亦今，忽远忽近，舒缓曼妙，如同天籁，听得我如痴如醉。我常常呆坐很久很久。

我知道在那城墙之上，顺着回廊栽种着我所钟爱的桃树。桃花开时，艳若霞彩，把锦绣镇江映照得更加楚楚动人。城墙上廊榭曲折，古亭翼然。亭中经常有身着唐装的老人打太极，一动一静，意趣横生。我曾拜过一姓秦的老人为师，向他学了最简单的太极八式，我也想融入古城公园美丽的画卷里……

"江山无限景，都聚一亭中。"站在古亭，看着这一幅"浓妆淡抹总相宜"的山水画，我忽然对佛家"出世"思想有了顿悟。古人说"大隐隐于市"，原来在喧嚣的城市中，也可以放松身心，适意休憩。古城公园让我抖落一身的疲惫，抚平一身的伤痛，让被俗世所蒙惑的心在这里得到净化。而后，背起行囊，重新上路……

一生中有一块新民洲

离离

清光绪年间，长江滚滚东流，与京杭大运河欢腾相拥，"十字"交汇处孕育了新民洲。蒹葭苍苍，在水一方。渐渐地，南望焦山，北连扬州，如窈窕淑女在河之洲，君子不怕道阻且长。从镇江乘汽车约一小时就能到达这里，要是没有活动，也许我一辈子都不会来到新民洲。

1960 年，镇江市 800 名热血青年奔赴新民洲开荒种粮，作家袁鹰在《青春路》中描述了当时的激情场面："木船运来了一船船的粮食农具，一船船的砖瓦木料，一船船健壮活泼的小伙子和大姑娘，一船船的青春和力量。"江苏省共青团农场就此横空出世！很多当年农场的老知青们，即使在回城工作后，回忆起当年在这块长江荒滩上创业的情景时，还是热血沸腾；一提及五四路、北京路或青春路，眼神中还含着怆然的泪光，当然也怀着一股复杂的情愫。

一晃 50 年过去了，现在我站在"新民洲"的土地上，在真真切切感受上世纪 60 年代吹来的风。这里什么在改变？什么在延续？这里的人民仅仅在回忆吗？

办公室里，几幅褶皱发黄的地图诉说着历史，几块崭新发亮的展牌以丰富的色彩描绘着未来：新民洲是处于发展轴线上的扇形小岛，扇骨是"一纵二横一环"道路，至今仍保持完好的生态资源；扇面是腹地广阔的国有土地资源，沃野无际，水杉葱茏；扇沿是绵长的深水岸线，不可多得。2003 年，有识之士瞄准港口仓储物流业和现代制造业、船舶制造、公共码头、国际建材加工出口基地沿江开发，镇江新民洲生态工业园诞生了！

在路网图的指引下，眼前豁然开朗。如果说江苏省共青团农场是前世，那么新民洲的"一心四区"就是今生。路那边，生活居住区的新农村集中住宅小区初具规模；路前方，布局合理的产业园区、沿江港口物流产业区和发展备用区更是以生态绿化为核心，值得期待；路这边，苗圃基地已吐绿绽翠，这将是新民洲的绿色心肺。京口人不仅要创造一条流金淌银的黄金产业带，还要为子孙后代留下一道绿水青山的风光带。凤凰涅槃般的转变，带给人不断的惊喜！

江洲老宅／张忠云

建设者／何克

　　远望新民洲港区，只见井架林立、焊花四溅，道路、管网等基础设施建设全面铺开，鼎盛港机项目发展如火如荼。我站在那吊车长长的巨臂下，看着长长的货轮稳步前行，目光穿越浩渺的江面，隐约可见焦山英姿，不由想起"壮观亭"楹联："砥柱镇中流，此处好穷千里目；海门吞夜月，何人领取大江秋？"

　　也许感染了李白的登高壮观天地间的诗意，这里正夜以继日修建新民大道，一辈子太短，只争朝夕。如果不来新民洲，我会相思一辈子！一生中有一块新民洲，为理想奋斗，无怨无悔。相信吧，海陆立体的交通会吸引我乃至更多的热爱生活的人们奔赴这里。这里就是新民洲……

建设中的泰州大桥（组照2）／王辽安

圃山游

吴周文

在镇江的诸多景点中，圃山是最让我心动的。《康熙字典》中，圃山的"圃"只有一解，就是专用来命名这座山的。这山名的由来是个故事。此山原名"瑞山"，据说秦始皇曾经来过此山，见它颇有王者的弥天瑞气，害怕自己的江山被他人夺走，便下令把瑞山改名为圃山；把"瑞"字的偏旁"王"砍除，然后外加一个"口"字，要把瑞气框死封杀。这个传说令人思索，不禁对圃山风景心驰神往。

圃山不高，最高峰只有 258 米，可是爬起来倒很费力。我爬过张家界的主峰，上下各 6000 多个台阶，也没难倒我。可怪了，这座圃山却使我感到比张家界还难爬。有时是缓缓的斜坡，有时是陡峭的台阶，还有时是崎岖的羊肠小路，一不小心就会滑落深深的悬崖。不仅是我，同行的朋友都气喘吁吁，一位最年长的老作家，没爬几个回合就缺氧，面色煞白，乖乖折回了。路两边有很多叫不出名字的野花儿，开得正盛，引得我们中间的几个女作家跟着蝴蝶雀跃着。然而，她们的笑声也难以缓解我两腿的酸痛。

山顶上的报恩塔，一直在高高地、远远地招引着我们。30 多米高的报恩塔，建于明朝崇祯年间，至今已有 350 多年历史。相传丹徒的穷书生陈观阳，在家乡父老的帮助下发奋读书，可多次进京屡试不第；后来他得到圃山一位高僧在修业与应试上的指点，终于金榜题名，官至吏部尚书。为了报恩于此山高僧与家乡父老兄弟，他拿出自己的积蓄建造了此塔。我感到，这个陈吏部远比蒲松龄笔下的"田七郎"智慧而且高尚。在当今明争暗夺、灯红酒绿的物欲化时代，这个"不言谢"的故事更激励着我攀爬前行。可到了塔下，我却被顶峰所见的宏伟气象怔住了。太阳被薄薄的阴云遮住，一切都显得有一些静谧而朦胧。沉沉的静谧与淡淡的朦胧使我的感觉更加奇妙。整个山体就像一条硕大

无比、壮实无比的卧龙。那犬牙交
错的山峦，不就是巨龙身上疙疙瘩
瘩的肌肉？那郁郁葱葱的树林草丛，
不就是它身上的密密毛发？那弥漫
缭绕的山霭云雾，不就是它吐出的浓
浓气息？它雄踞浩浩大江的南岸，

俯视整个长江三角洲的平原与群
山，东面，头枕东海，西面，尾
部逶迤着隐指祖国的西部山脉；
而报恩塔分明是它头上的倚天巨
角；它气吞山河、力盖千秋，俨
然是主宰着山野、平川和江海的
"王者"。

　我们离开报恩塔，一路更为
惊险。没有人工铺设的台阶可寻，
全靠手足并用，像企鹅的样子蹒
跚爬行。我感到进入了卧龙的五
脏六腑，品味它的真实性情。山
体中忽然看到一个偌大的圆洞，
人称箭洞。从洞口望过去，居然
能够看到我们上山的来路与远处
的公路田野。附丽的传说很多，
都离不开"箭射"始成。而关于
后羿射九日因偏射而留下此洞的

说法，更令人遐想。我想对此说
法做些修改：圌山之龙看后羿已
将九个太阳射落，就在他在箭射
第十个太阳的千钧一发之际，就
用身体挡住了第十支箭，而使箭
偏离了目标，留下了天上的最后
一个太阳；而箭在自己身上则留
下了永远的伤痕——"箭洞"。
它，最终拯救了炎黄子孙与世间
的万物生灵。再前行，一条大峡
谷就苍莽地横在我的面前，仿佛有
挪威北部的大山谷与大峡湾的气势，
所不同的是，此谷无水，乃虚怀之谷，
花草杂树葱郁地布满其间。也许卧
龙一抖身，将峡谷之水全倒进万里

圌山图／戴宁

长江里去了。可一转弯之后，眼前又神奇地出现了一汪潭水，盈盈着呈碧绿色；仿佛是卧龙一仰脖子，从王母娘娘的天池里借得而来。既呈碧绿色，可也是"桃花潭水深千尺"的韵致；仔细听潺潺有声，可不知源头究竟在哪里。身下近百米的深谷该有水则无，身旁一潭该无水却有，果真是鬼斧神工的造化，简直不可思议。是的，这里的所见所闻，一个个都是猜不透、说不清的谜。我总感到，圌山蕴藏着吞长江、街远山、镇平川的智慧和力量，它有着父亲般的刚毅与雄强。也难怪秦始皇望而生畏，惊恐万状。

我们沿着去绍隆寺的路下山，山路相对平缓多了，于是我也就可以从容地观赏山上的景物，感到圌山又像母亲般地展开了它美丽而又温暖的怀抱。山不在高，有"寺"则灵。在中国的传统文化中，总是把宗教与山联系在一起。就是没山，也要再堆个土山造寺庵或道院。圌山不高，但上上下下有寺、庙、观、庵40多处。我们虽没在山上一一寻找与拜谒，可王川主席早事先安排代表团在绍隆寺午饭和参拜。

绍隆寺原名"灵觉寺"，位于圌山北麓的五峰山下，建于唐代宝历年间的公元825年。康熙皇帝南巡时游了该寺，看山，"上有奇突山峰"，看寺，"下显真象龙脉"；也患了秦始皇当年的"恐惧症"，害怕此处真会出一位真龙天子，便下令把灵觉寺改名为"绍隆寺"；并且把它降格，"赐"为金山寺的"下院"，也就是老僧人的"养老院"和圆寂之处。

虽然绍隆寺被皇帝冷落，但越发吸引千千万万善男信女来此烧香，越发显出它的神秘感来。我在大雄宝殿中见一大钟，据说它在金山寺怎么敲击都不响，可移到该寺来却洪声数里。我们当场敲击试验，果然如此。我们来到藏经楼后面的佛堂里，中央有一块饭桌大小、僧称"龙舌"的地方，像馒头微微隆起，据说它不断在长，每隔10年20年就得铲平一次。寺内，一棵被日本鬼子砍劈而死的老桑树上，居然又在半个枯萎的主干生出新枝，结出黑红的桑果来。在老僧圆寂之所，我们见一古树东西向斜生的粗枝干上，居然分蘖出一排笔直直、齐刷刷站立的"小树"。与满树的绿色迥然相异，它们红枝红叶，

新区窗口／史卫

像一列穿着红色袈裟的僧者在诵经……见此我们无不称奇，素来文静的作家小静，忍不住激动，打开了数码相机。

道非道，非常道。名非名，非常名。那么多的神奇，那么多的怪诞，让我感动。然而名山与名寺是永远的无争、永远的寂静与生命力，就像绍隆寺那古树枝干上的一列默默诵经的小树。

窗内窗外 / 应文魁

打工妹 / 王念约

城铁成长日记 / 束剑竑

城铁进行时（组照 1）／陈岗

城铁进行时（组照 2）／陈岗

城铁进行时（组照 3）／陈岗

城铁进行时（组照 4）／陈岗

城铁进行时（组照 5）／陈岗

城铁进行时（组照 6）／陈岗

城铁进行时（组照 7）／陈岗

城铁进行时（组照 8）／陈岗

百年沧桑"天香阁"

赵康琪

大港的伯先故居是江南一带常见的砖木构架庭院式住宅，建于清道光年间伯先太祖父时期，前后四进，硬山做法。远远看去，黑瓦墙顶高低起伏，轮廓丰富，朴拙自然，散发出浓郁的乡土气息。伯先的父亲赵蓉曾，乡人称"镜芙先生"，他数次乡试未中，遂无意功名，家居教书，学馆名"天香阁"。伯先故居即是当年的"天香阁"，是我少时上学的必经之处。

一条通江的溪流将古镇大港分为东、西两条街。伯先故居坐落于东街。翻过拱形的青石桥，踏着蜿蜒曲折的石板路，经过"天香阁"的后门，就是朝学校的方向；若是过太平桥，也需走过伯先故居朝南的一方场地，那是生产队夏收打麦、秋收脱谷之处，偶尔晚上也放露天电影，乡人皆昵称为"伯先场上"。一位著名的民主革命先驱、黄花岗起义的总指挥，他的生命与乡亲的关系早已融于血脉和生活，任何风雨也难以割断。离开中学和古镇，没有朝朝暮暮经过伯先故居的机缘了，但我一直在记忆中回望这座上了年岁的院落……

后来才知道，从"天香阁"里走出的革命者不仅有年轻的赵伯先，还有伯先的大弟念伯、二弟光、妹芬及妻子严吟凤。在那一刻，"毁家纾难"、"满门忠烈"、"前赴后继"等凝结碧血和大义的词，几乎同时涌向喉头，我真想脱口大声喊出来，才能表达心灵所感受的震撼！此时，"天香阁"里那幢伯先和弟、妹诞生及居住的老楼，更像一座纪念碑矗立在我心头。尽管"天香阁"的老楼因濒于坍倾，早在上世纪50年代就改成平房了。

又是江南的梅雨时节，麦收后的清香仍弥漫在潮湿的空气里。虽然距离伯先为家国命运献身的年代已经整整百年，但修缮后的伯先故居经雨水一次次润洗，让人感到既清新又亲切，青砖黛瓦看似一尘不染，天井的铺地石板洁净得发亮。宏敞的大厅里只有我们数人，就在感到些许冷寂之时，雨后的阳光从天井的上方投射下来，迎面屏风两侧包柱上的一副楹联顿时亮堂起来：纵环海奇观，开普通知识；藉大江流水，涤腐败心肠。1903年夏，伯先自日本归国，先回到家乡，创办阅书报社，他挥笔书写了这副对联，贴在"天香阁"的大门两旁。唤醒民众觉悟的，还有他带回的大批宣传救国主张、传播革命思想的报刊书籍。我在新时期之初从《中国近代史》上才知道的《江苏》、《浙江潮》、《大

古宅余晖／姜明灯

陆》、《开智录》、《国民报》、《童子世界》、《湖北学生界》、《孙逸仙》、《游学译编》等，其实早就在家乡的这座院落出现过。历史幽深的长廊并不遥远，伯先当年激情演说的身影似乎就在大厅中间闪动……那个酷暑从"天香阁"传出的滚滚雷声，震动着大港这个封闭沉闷的千年古镇。当然更被感染和召唤的是"天香阁"的诸多学生，他们既不安命于农，也不安命于商，洋溢着少年意气和家国情怀，毅然追随伯先踏上了救亡图存之路。

穿过大厅，便是伯先故居的第三进院落。面对天井的是前几年重新修复的两层楼房，门窗、梁柱及室内布置皆呈现旧时风貌。楼上中堂悬挂着"天香阁"的匾额，伯先和妻子严吟凤的卧室在楼上西侧，从严吟凤中年时的照片仍可见她年轻时容颜的姣好。伯先婚后不到一年即辞别家人，以后每次回乡亦来去匆匆。据说那时天井的花坛里栽满花卉，但他们何曾有更多花前月下的浪漫？推翻帝制、建立共和的历程，也是无数英雄慷慨悲歌、

古韵风情（组照 4）／李茁

无私捐躯的过程，黄花岗起义失败后，伯先悲愤成疾，逝世时年仅 30 岁。当年花坛的位置现在生长着一棵挺拔向上的榆树，已经高过院墙，浓浓的绿似乎象征着伯先青春永在。

伯先和他的妻子、弟、妹不能再回到修葺一新的"天香阁"，但他们高洁的心灵和品质，他们振兴中华的梦想，已经从岁月深处绽放出绚烂的花朵，结满甘甜的硕果。花果的芬芳，正溢满"天香阁"，溢满我们共有的故乡和大地⋯⋯

生态大道南徐路 ／袁茂林

神奇五峰山

蔡永祥

坐落在镇江城东的五峰山，历来以神奇著称。据县志载：五峰山俗称五尖山，与圌山相接，实一山也。五峰山蜿蜒磅礴，逆流而障东逝之水，俨然有一夫当关，万马不前之势。可以这样说，五峰山是圌山伸出的五根手指。围绕着五峰山和圌山的传说很多，但最为人们津津乐道的当是它们的神奇。

传说圌山是个活山，又称水火山，山势随着日月星辰的变化而变化，所以要画圖山图，必须用药罐盛的日月水（天落水）磨墨来画。那年，英国的军舰开进长江，要打山上的炮台，为了打准，要画图定位，英国鬼子中有个家伙知道这个秘密，就到一户农家高价购买日月水，农家的老夫妻知道鬼子没有安好心，就悄悄地换了其他的水。鬼子拿回去画了图，照着图纸朝炮台开炮，却怎么也打不中，赶紧停炮验图，死图怎么也对不上活山。守炮台的将士乘机炮轰鬼子军舰，取得大捷。

　　圖山山脉原有三十六处悬崖、七十二洞。距报恩塔北十丈开外有一大洞，似一箭洞穿，故名箭洞，又名"飞云梁"，是七十二洞之冠，堪称一绝。洞顶高数丈，横空如桥梁，远看似一弯正从云雾冉冉升起的新月，传说是后羿射日时射穿的。古诗赞道："凌空透壁亦奇哉，亘古相传箭射开，横开鹊桥通织女，平铺云路上天台。"

　　坐落在五峰山南麓的绍隆寺，有一小块地每年都要往上长一点，隔几年就要铲掉一些，现在又高出地面十几厘米，仿佛下面真有什么不安分的东西。清康熙二十三年（1684年），玄烨帝来五峰山视察，发现该寺建在"龙地"上，怕出真龙天子，便说："上有奇突山峰，下显真象龙脉，非高僧大德者不可居之。"随将绍隆寺赐给金山寺为下院，赐葬祖师塔院。康熙三十八年（1699年）玄烨帝再次南巡，为绍隆寺亲书"灵觉宝寺"匾额。连皇帝都觉得神奇的地方，当然就了不起啦！

　　雄伟不羁的圖山和五峰山自古留下这么多神奇而又美好的传说，可谓家喻户晓。

　　这个夏天，我来到了神奇的五峰山。从绍隆寺门前的大路，开着车，我一路直奔山顶。

　　山上的路，水泥做成，本来还比较宽。谁知山上树木葱茏，如原始森林一般，两边的杂树杂草长得肆无忌惮，霸占了几乎大半幅路面，我不得不关上车窗，不然，它们就会毫不犹豫地伸进车窗来和我亲热。

到了山顶，一座巍峨雄壮的铁塔高耸在眼前。五峰山中最西头被称为龟头山的一峰被削平了，擎起这一百多米高的铁塔。这是一座跨江铁塔，华东地区最大的火力发电厂发出的电由此输往江北。

说是五峰山，其实也只有四峰了，与铁塔最近的一峰，中间隔着一个大峡谷，深不见底，站在岩边，江风吹来，有让人晕眩的感觉。

抬眼望，耸立在面前的山峰，不高却极为险峻。层峰峭壁，奇石嶙峋，祥云缭绕，松涛阵阵，摄人心魄，恍入仙境。

忽然间，眼前的峭壁，陡地幻化成一群形态各异的狮子！我惊呆了！

最西边的一只，面容酷似人脸，高高的额头，大大的眼睛，挺直的鼻子，抿着的嘴巴，尖尖的下巴，一副严肃、沉思状；第二只正歪头打瞌睡，仅露出一侧脑袋；第三只是个侧面像，最引人注目的是那一只眯着的眼睛和一张抿起来的大嘴，线条如此分明，显出百兽之王的威猛；第四只正面对着我们，一副悠闲恬适的神态。它们站立的姿势是那么有力，腿部的关节都清晰可见。那些绿绿的古松，不高不矮，不多不少，长在它们头上，仿佛它们漂亮的鬃毛。在人面狮子的西侧，还有两只小狮子，匍匐在地，好像有些胆小地躲在一块壁立的大岩石后面，憨态可掬，玲珑可爱。

湿地霞光／柴樵

　　我不知道该赞叹大自然的鬼斧神工，还是该感慨这神奇的山给我们带来的庇佑和福祉！

　　下山回来的路上，暮色弥漫开来，周围的一切显得神秘起来。仿佛被一种神秘的力量牵引，我不由自主地在山脚下下了车。

　　远观圌山和五峰山的全景，只见苍茫暮霭中，越来越安静的两座山，紧紧相连，高度相当，山脊蜿蜒委蛇，以圌山为头，恍如一条大龙横空出世，静卧江边。

高铁时代（组照 1）／任德发

高铁时代（组照 2）／任德发

高铁时代（组照 3）／任德发

高铁时代（组照 4）／任德发

高铁时代（组照 5）／任德发

城市美容师（组照 1）／赵国华

城市美容师（组照 2）／赵国华

工地（组照 2）／黄龙宝

工地（组照 3）／黄龙宝

惠龙港之晨（组照 2）／柳田兴

长山位于古城镇江南郊，丹徒新城的西麓。长山之美，美不胜收，自古以来，文人雅士，纷至沓来。

山势蜿蜒，气势非凡，连绵约有十余华里长，宛如一条长龙横亘在丹徒境内，蔚为壮观。

长山位于古城镇江南郊，丹徒新城的西麓。山高351米，是丹徒境内第一高山。人们居高临下，可观长江、运河奔流不息；京沪铁路、京沪高铁、沪蓉高速、312国道、104国道、沿江公路、润扬大桥在这里交会；南京禄口机场、常州机场、上海虹桥机场相伴周边。长山有11平方公里的原始森林植被和2平方公里的谷阳湖以及周边的大小6座水库，前观湖景，后观山景。

山南过去有寺庙，清人李遵义在《长山》诗中写道："五洲南脉接长山，磴道盘陀不可攀。上寺鸣钟下寺闻，东湾流水出西湾……"明代隐士冷士嵋在《登长山》诗中也写道："峥嵘高嶂倚天迥，落日清秋霁色开。河派九流俱北转，江涛万里直西来。边声乱下淮南郡，烽火摇连海上台。对此登临怀谢傅，不知谁作济川才。"

长山的东北，白龙山的北坡，有一处名为莲花洞的神秘之地，历史上是长山八景之一，考古发现智人右下第三血齿，弥足珍贵。清朝周镐所绘《镇江二十四景》中的《龙洞吟秋》即指莲花洞。1987年莲花洞被列为镇江市级文保单位。

和茅山一样，茅氏三兄弟曾在长山修行得道。天下名山僧占半，长山也不例外，西林寺地处十里长山余脉、横山双峰的环抱之中。横山高约30米，山下建有

巍巍长山万古青

左广斌

"三茅官"，与塔山遥遥相望。塔山较高，庙在主峰之顶，名"报国寺"。长山上还建有龙王庙，据史料记载，徽宗曾封此庙供奉之神为惠泽侯。

长山山腰处，奇石嶙峋，可称长山奇景。一块大石裸露在外，足足有好几十个平方米，上面不知何时被人用红漆书写了"泼墨仙崖"四个大字，周边数十个大大小小的"脚印"凹陷在石面上，真是奇哉怪也，人称"仙人脚印"。继续前行，发现石块下方是一块整体巨石，面朝西北，形似沙发，当地村民称其为"石沙发"。旁边还有一仙人洞，洞深约6米，能容纳数十人之多，洞内有形似石板床的大石块，边上有层层的岩石突出在外，人们称之为石几。还有被称之为长山八景的"万福官"、"狮子峰"、"双珠山"、"桃花山"和"兰花溪"等亟待开发的风光景点。

长山之美，美不胜收，自古以来，文人雅士，纷至沓来。南朝第一帝——刘裕丹徒建宫，长山采药草；祖逖被列为丹徒"名贤"第一人；项斯寄情长山作《山行》诗；长山隐士刘慎虚、书画家米芾、奇才名相杨一清、武英殿大学士靳贵、清代名御史笪重光、情系长山的诗人冷士嵋、书法家王文治、史学家陈庆年……都与长山结下了不解之缘。

站在海拔351米的长山之顶，极目远眺，心旷神怡，远处的国际饭店、南郊诸山、北面的长江历历在目，望丹徒新城，高楼林立，吊车高耸，蓬勃兴旺、生机盎然，似一块闪光的翡翠；山下，禾苗茁壮，一颗颗绿色的明珠，一片片欣欣向荣的风水宝地，一方方肥沃美丽的田畴如景似画，引人入胜。

古渡晨韵／朱伟民

美哉长山

卞美岗

十多年前的长山还是默默无闻，人烟稀少，杂木遍布。我曾与几个画家到长山写生，只能住在海燕村的一位文化站长的家里。那时，长山没有一条像样的路，只能沿着一条羊肠小道进入无人的荒山。

如今的长山已是沧桑巨变。一座生态型、园林式、现代化的小城已成为丹徒区的政治、经济、文化中心。方圆二十平方公里范围内，道路纵横，建筑林立，绿树成林，花草簇拥。山脚东侧的丹徒广场、古邑广场、人民广场和米芾广场成为长山的几大亮点。最早建成的丹徒广场上，主题雕塑有着明显的现代气息，抽象的运动形体有一种奋发向上的力度感。与之遥相呼应的古邑广场则是另一番风情，广场中心，圆形的罗马柱中立着四尊古代青铜器雕塑，此原件为鸟纹觥觚，系20世纪50年代在丹徒烟墩山出土的西周青铜器物，为国家一级文物。古邑广场为年轻的城市增加了历史的厚重感。人民广场位于新城的中心，行走其间，吮吸山野清风，大有在森林里散步之惬意与快感。

米芾广场是长山的东入口，广场上垒有危卵奇石，建有书法墙和米公亭，广场中心塑有高大的米芾汉白玉石像，正手握巨笔，迎风挥毫。米芾世居太原，后迁襄阳，中年爱丹徒江山之胜，遂长期定居于此达四十多年，常以南山为粉本写生，开创了"米点云山"的画派，对后世的影响很大。米芾于大观元年（1107年）病逝于淮阳军任上，时年五十七岁，于两年后葬于丹徒长山，中书舍人蔡肇为其撰写了《米元章墓志铭》。在长山脚下建广场来纪念这位大师意义非同寻常，这也彰显了长山的文化品位。

米芾因长山而得灵感，长山因米芾而扬名天下。长山与米芾的不解之缘，使这座山成为后人纪念大师的精神寄托。三年前，丹徒区委、区政府决定在长山建"中国米芾书法公园"，目前，一个集纪念、展示、培训、休闲为一体的全国书法艺术园地已见雏形。

戴少华 撰书

　　米芾书法公园里曲径通幽，岗峦起伏，竹木葱郁，溪水潺潺，野花丛丛。一组青砖灰瓦构建的仿宋建筑在密林中隐现。一带长廊依山盘旋而上至山的半腰，这就是刚建成还未曾完工的瑞墨轩法帖廊。法帖廊由廊和堂组成，建成后将陈列米芾重要的法帖石刻。从空中俯瞰法帖廊犹如一枝美丽的珊瑚，这是设计者受米芾书法作品中"一枝珊瑚"的启发而顿生的妙笔。整个廊堂建筑没有一根水泥柱，全部采用天然大理石立柱，地面用罗地砖铺成，就连屋沿口的瓦当也采用"米"字变形的图案，可见建筑设计者的匠心。

　　走出长廊，一条小径通向密林深处，沿这条陡峭山路可达山顶万福宫。吮吸着松针与花草散发出来的特殊青丝气味，顿觉全身轻松。山间偶见牛羊闲步，野鸡出没，耳畔虫声唧唧，鸟语花香。长山里人文景观与自然景观浑然一体、相得益彰，在这儿可游玩，可赏艺，可品茶，可垂钓，可探险，可谓美哉！

老街的早晨／何克

古镇老街　李 军

故乡宝堰是座江南小镇。

　　回到老街是在六月的一天。住在老街上的多是老人，在行走的时候总会遇上岁月里曾熟悉的面容，那种相熟叫人恍如隔世。以前总以为时光是静止的，但在此时，却最能体会到什么是岁月雕琢、时光如梭。

　　那些老人与老街一起迎来早晨第一缕的阳光，一起送走夕阳暮色里的辉煌。阳光下的老街是记忆里最美的老街，角落里偶尔有攀爬的金银花、洁白的栀子花、艳红的石榴花，仍然像旧时那样嫣然绽放。早上有居民生的炉烟，在街巷里氤氲而起，仿佛仙境。老人们有的在锈蚀的门把手下，有的在斑驳的屋檐下，有的在躺椅上，或倾听或交谈，远处有咿呀的戏曲飘来，时断时续，让人心底清澈如镜。

　　面前的这个茶馆是抗战前就存在的，一代代的年轻人在时光里被雕琢成了老人。老虎灶的印迹尚存，但开茶馆的老人早已逝去；这所建筑以前是四乡闻名的清泉饭店，车马哒哒，衣香鬓影；这里曾住了一位会剪纸绣花的老奶奶，气韵神动，飞剪走线；这是陈家的医药店铺，悬壶济世，救死扶伤。历史，在尘世的穿梭里斑驳沧桑。假如时光倒退一百年，那是如何的情景呢？曾经有272家同时存在的店铺，36家粮店，14家酒店……带着集市的喧嚣吆喝，飘着牙边酒旗的酒垆，在相同的月份相同的地点，那是多么的人声鼎沸、摩肩接踵啊！如今，老街是沉默的，铁门轻掩，美人靠孤单，老街是一副沉睡的模样，连我高跟鞋的笃笃声，也怕惊醒了她沉沉百年的旧梦。现代与传统，繁华与寂寞，一切，只让老街的人更气定神闲吧。

　　历史上的宝堰因位于四县交界处，而成为商业极繁华的古镇，镇上的通济河直通太湖，便捷的水运促成了商业的活跃，在江南赢得了"小无锡"的美誉。清朝咸丰年间建造的太平桥依然保护着宝堰人的太太平平，但因为八仙的传说，人们更愿意叫它三仙桥。还有座因开新河被拆除的平桥，平桥口有我们李家的祠堂，现在是丹徒实验小学；还有座关帝庙，关帝庙高高的台上有副黑底红字的对联："天下事无非是戏，世上人何必认真。"

　　商业的繁华，也成就了本地的商业巨贾。一地一风流，一人一个性。创办丹徒实验小学的商业奇才李培田，把铭记酒业做到上海浙江的李雨春；还有发扬万源酱园的汪金波……他们是我的同村人，小时听着他们的传奇长大，现在，他们的故居只剩下一排极具皖南风格的旧楼，高高的风火墙，精美的砖雕，历史依稀尚存，旧人早已离去。我们只能徜徉在想象的天地里。

　　与商业繁华相伴生的是饮食文化，干拌面闻名四乡八镇，豆腐干在风雨的岁月里曾到朝鲜战场慰问过志愿军，红烧甲鱼鲜香味美，雷公蛋、黑米饭做法独特……

　　人文、历史、饮食，宝堰其实还是个有着光荣历史传统的革命宝堰。在老街，你看不到皖南方式的文字牌匾，因为宝堰人不喜欢把沧桑和荣光写在脸上，他们都把历史永远地刻在心里，民国时期商人张浩明的"怡和酒行"，建筑风格独特，构思精巧，工艺考究，属于典型的苏州园林建筑。让人惊讶的是，宅院里居然还有高高的更楼、哨楼，有秘密的通道、暗道，当人们把宝堰称为"江南抗战第一镇"和"茅山抗日根据地革命摇篮"，也就不足为奇了。70年前的一天，酒坊老板张浩明就是在这里把陈毅和粟裕迎到了江南，今天我们见到的是酒坊老板的大孙女，她在向我们娓娓诉说70年前她爷爷奶奶的故事，感慨万千，如此的不动声色，要经过多少年的风吹雨打啊。

　　老街一直就像街上的老人，心平如水。也许沧海成了桑田，也许泽国成了平畴，也许飞雪过后春来，但老街的桥还是桥，水还是水，无论怎样的历史变迁，日月如梭，宝堰就这样静静地固守着一份古典，宝堰人也固守着这份质朴，这不能不让我们感动。

　　现在，江南盛世的舟楫往来已是红尘旧梦，新镇完全脱离了小桥流水的模式，高楼耸立，路面笔直。网吧冲浪、家电销售、农庄垂钓……尽显新时代气息。镇政府已经启动宝堰新市镇建设，并请上海同济大学设计老街保护规划，老街的安宁，古迹的沧桑，将永远停留在我们的面前。

　　在祝福新街日新月异的时候，我回家仍爱到老街走走，梅雨江南，雨后的宝堰老街更有风韵，巷子的石板路上泛着点点湿润的青苔，斑驳的墙面有着些水痕，脊角高翘的黛色屋檐与瓦片上的瓦松精神抖擞。雨后阳光下的街道幽静深远，像极了戴望舒的《雨巷》，虽然带着些许无奈与哀伤，却是那样的意味隽永，芬芳悠长。这曾被时光淡忘的江南老街啊，就这样婀娜着朝我们心底款款走来。

瑞雪圖山图／王月中

银装素裹／糜如平

信徒 / 朱立新

茅山仙境 杨莹

"山不在高，有仙则名。" 372.5 米的海拔高度让茅山成了一座历史底蕴厚重的江南道教名山。自汉代茅氏三兄弟在这里修成正果，茅山道士广播善缘，广行善事，朝拜祈福者络绎不绝。"茅山菩萨有求必应"的灵异传说更让茅山仙名远播，吸引着历代文人墨客流连驻足，留下了大量的瑰丽诗篇。如今，在茅山这片土地上仍在续写着传奇。譬如老子神像落成后群蜂相聚成神丹；纪念碑下放鞭炮响军号；华阳洞里闻钟声等等，吸引着四方游人前来寻幽探秘。

千年不断的缭绕香火，使茅山成了世人向往的"第一福地"。历史上的茅山产玉，名为"瑶琨"，有美丽吉祥的寓意，与福地有缘。元《至大金陵新志》载："玉晨观，世人称之为茅山第一福地。"茅山的玉晨观，唐玄宗时期名为紫阳观，观的北侧有一条冷水涧，瑶琨玉就产自这里。当然，茅山成为福地的历史还可以追溯得更久远。黄帝时代，中原高辛氏人展上公在茅山脚下的伏龙溪旁手植白李，他种的李不仅多，而且食之味美。后来，人们把他种李的地方叫"白李溪"。周时，周太王的长子和次子太伯、仲雍为让王位，在被迫流亡的漫

漫路途中，竟然也看中了这个地方，他们在山中采药，恩泽百姓，还把中原的耕种方法传授给茅山的百姓，使得当地的荆蛮归之。后来此处又赢得了"秦汉神仙府，梁唐宰相家"的美誉。

"水不在深，有龙则灵。"茅山虽然没有大江大河的波澜壮阔，却也有着"小桥流水"的清静幽远。茅山泉水不仅多还形态各异，或灵秀或神奇，各有一番妙趣与传说。仿佛任何物事，一旦与传说有关，就成了人文胜迹。像大茅峰下的喜客泉、万福宫西的蒃龙池、崇寿观前的抚掌泉、飙轮峰西的玉蝶泉（也叫阴阳井）、乾元观右的洗心池等。其中，以喜客泉和蒃龙池

最负盛名。喜客泉位于幽静山林之间、茂密丛林之中，泉水循岩而出，游人行至，泉内水珠滚滚，像是池水沸腾了，随时为来客沏一杯香茶。素龙池虽在山顶，但数年大旱不涸，池中似有小黑龙游动，传说是"神龙所都"。很多朝山的信徒都视池中泉水为"仙水"和养身的"神液"，每次进香之后来池中掬水洗目，水面荡起一圈圈波纹，犹如跌破的镜子，光影如眸，静静对视之下，来者不须抬头，便知醍醐灌顶；不须沐浴，便得灵台清明。

立在茅峰眺望，湖光山色尽收眼底。茅山大地青山叠翠，烟水环绕，山水相依，灵秀淳美，如同水墨画一般，更显得这一方人烟有着桃源的隐逸清静。踩踏着林间碎石铺就的小径，看茂林修竹摇曳着青翠的身姿，耳畔不时传来鸟雀的啾鸣，让人感觉到心旷神怡，惬意无比。在亭台楼阁稍作停留，流觞曲水之音循环往复，人像是一个不小心跌入了历史深处，有一种置身世外的奇异感觉。瞬间，天地安静，脑海澄明，不由得从内心发出岁月静好，现世安稳之感叹……

在当今这样一个浮躁的现实世界中，人们在现实物质与虚幻的精神世界之间徘徊，每个人的内心深处都向往一个梦，那就是寻找一个世外桃源，在没有纷争的环境中，体验一下男耕女织的生活。居住在茅山的人，就是这样与世无争，乐陶陶地在蓝天白云下，尽享平淡的日子。衣食无忧，淡泊人生。这就是茅山人闲云野鹤般的闲适生活，也是诱发城里人旅居山乡，用"心"来做深呼吸的动因。更是人们小别浮躁人生的一个精神驿站。

茅山是一处修身养性的世外桃源。她静静地展露出迷人的仙姿，敞开怀抱等待着每一个来结善缘的人。

宋存杰 撰／曹秉峰 书

成小诚 撰／王明龙 书

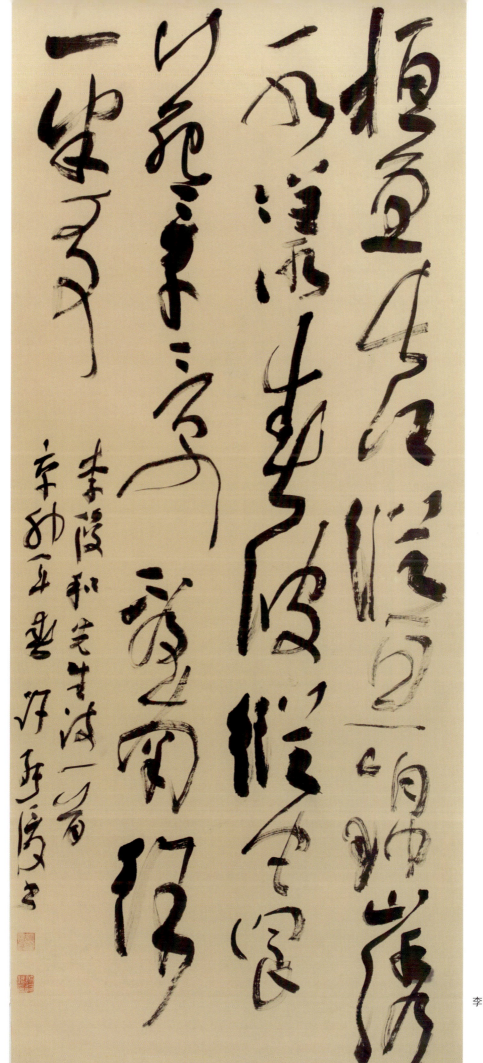

榻上披衣倚暮霞，风溪溪上是侬家。杏花三弄东风软，一径云归到若耶

李俊和先生诗一首

辛卯年夏月 许能俊书

茅山新姿 / 蒋元生

这一朵莲花

孙 然

这就是佛教界闻名遐迩的宝华山了。

康熙帝六下江南，最后一次（1707 年）登临宝华山，进了隆昌寺；乾隆帝七下江南，六上宝华山，六进隆昌寺。当年他们所到之处，如今都成了名胜，宝华山自然也不例外。

"华山（宝华山）高九里，似与蒋山（钟山）等……"这是梁武帝登上宝华山时，他的随从薛某的回话。钟山号称宁镇山脉的群山之首，主峰海拔 448.9 米。宝华山高踞宁镇山脉群山之中，海拔 437.2 米，为周围群山之冠，也是句容境内最高的山峰。

放眼望去，斑驳的隆昌寺掩映在一片绿荫里，好似哪位书家的笔尖不经意间落下的一滴墨。我刚把这想法说出口，就有人接口说隆昌寺更像一首古典的小令，也有人说像一端砚，像一方玉，像一座法坛，还有人竟然想到了像一把锁，说它不仅阻挡了尘世间的诱惑，更坚定了寺内僧人们修行的意志。真是仁者见仁，智者见智。这就是隆昌寺，人们心中景象各异的深山古寺。

多少年来，人们一直把隆昌寺周围 36 座山峰形容为 36 片莲花瓣，地处浅谷之坡的隆昌寺如莲之有房，其形安而逸，其势尊而严，史称"山为莲花瓣，寺在莲心中"。隆昌寺有了众山的"窝藏"，才有了今天"众山来朝"的说法。

身入名刹，但见香火袅袅，但闻梵音清清，身心安宁。抚摸着冰冷的砖石和被风雨剥蚀渐次模糊的碑文，一时间让我产生出了一种过客般无奈的感觉，一种语言无法表达的隐约情绪，是岁月的亘古和自然对灵魂的纷扰，让心沉静。沉浸在这清静绝尘中，沉浸在这无欲无利中，沉浸在这无烦无恼中，沉浸在这启慧参悟中。让那些追名逐利的欲念

空些，再空些……在千年不断的氤氲香火中，在暮鼓晨钟的修持受戒中，在不绝如缕的经声佛号中，悟出天人合一、物我两忘的禅意。在这个浮躁喧嚣的时代里，深山中还有这样一群愿意遵守戒律、一心向法的佛门弟子，远离红尘，

守着青灯，在满纸烟雨的宝华山中过着清淡的生活，实在是难能可贵。无怪乎千年寺院成了律宗的第一名山，成了近代最大的传戒道场，无愧于"金陵四百八十大梵刹之最上者"的赞誉。

"宝华山实在是没有什么好看的。"这句话竟然出自隆昌寺住持心平大和尚之口。他说宝华山其实是一个律戒森严的地方，是佛家弟子做"功课"的清净之地，容不得尘世的纷扰。香火氤氲的隆昌寺像一杯浓浓的隔夜茶，需要你细细地品味，才能咂出禅意来。从大和尚心中的落寞和诸多的无奈中，也让人听出一些禅意来，眼前仿佛出现了黄叶纷飞，惊鸿阵阵，须发飘零，瘦若秋内的景象。一丝怀旧的感伤情愫在心中久久挥之不去。但愿每一个来隆昌盛寺的游人都捧上心香一瓣，虔心朝佛。

告别心平住持，我们进山。

水是眼波横，鸟鸣山更幽。宝华山的水虽不多见，但岩石中涌出的淙淙山泉，竟成为一脉造就六朝无边风月的秦淮源头。既然宝华山的水的眼波和鸟的鸣啭胜过尘世间刻意营造的任何景致和乐曲，那么我们就"偶来松树下，高枕石头眠"。这里的"山中无历日，寒尽不知年"，如果觉得好，就多待些时日吧。"问余何事栖碧山？笑而不答心自闲。桃花流水窅然去，别有天地非人间。"宝华山是可以让你如此闲适的，不然你到哪里可以寻觅面对飞泉碧峰可以斜倚的松树？你到哪里可以邂逅高枕无忧的石头？没有比宝华山这样幽静闲适的小径、一尘不染的山野空气更适合疗养一颗困顿之心的去处了。唐朝诗人贾岛曾在山中流连，在松柏之间看日出日落，听更鼓钟鸣，在长满苔藓的石阶上寻觅下山的路。明代诗人叶灿来宝华山大约是在冬季，他是来朝佛的，虽然走得很艰辛，但他看到了满山的瑶花，心境大为开阔。清人笪重光（邑人）经历宦海沉浮，隐士做得很无奈，诗写得也很无奈，不得不寄居山林养性灵，在山中看"乱峰雨过云犹合，小洞春深草更青"。我相信，徜徉在林深木秀的宝华山里，对每个人而言，诸多的人生况味都会扑面而来。

在这里用微烫的呼吸，听岁月沉淀的禅语，闻泥巴的味道，听植物的拔节之声，听花开的声音，听溪水淙淙回旋起落的声音，听高一声低一声天籁般的鸟鸣，让自然的细节渗入骨髓，入心、入禅。

一记钟声敲碎了西山如血的落霞，在"皈依我自己吧，自己做自己的明灯"的禅语里，我们登车而返。钟声响在尘世，禅语依旧在心中袅袅……

秋路／侍继进

桃园／蒋毅

瓦屋山游记

韦庆峰

瓦屋山，位于句容县境内，因其山脊平坦如瓦屋而得名。近年被改称为"九龙山"，但，山还是那座山。瓦屋山素有江南"小九寨"之称。

听闻邻地竟有如此优雅之地，一干文友早就蠢蠢欲动。初夏的一个周末，终于成行。

六月天，孩子脸。清晨，天空刚刚透亮，濛濛细雨便不期而至。推开窗户，湿凉的空气扑面而来，让我略感寒意。或许，雨中游景会别有一番风味吧。我心怀期待。

在游完句容大圣塔和葛仙观之后，一行人便直奔瓦屋山景区。不一会儿，车子便驶入景区，在山脚下蜿蜒盘行。一路上，只见道路两边的土坡上瓜田遍布，果树林立。山根处，三三两两的茅屋掩映在茂林修竹之中，岁月似乎就此停滞，城市的喧嚣彻底远离。

我们的车驶近一处水库停下，极目远眺，我们的目的地——承仙山庄一览无余。水库依山势而建，三面皆山，另一面为一道大坝，横腰拦筑，煞是壮观。

透过湖面水气，隐约可见一些古朴的木屋，那便是山庄了。可能由于雨天游客稀少的缘故，山庄主人很是热情，用快艇将我们接上山庄，殷勤地张罗着午饭。既然地处深山，饭桌上少不了山野特色，我等自是享了一顿口福。

餐毕，与另一文友相约在庄子附近散步。山庄中屋舍皆依山而建，错落有致。屋舍旁有人工开凿的沟壑，虽非天成，但亦长满青草，早与周围环境融为一体。倘若雨水充沛，这里的山泉便会

鸟的天堂/张桂安

顺着此沟淙淙流过，穿过窄窄的石板桥，在屋舍旁蜿蜒而下，定是一派"小桥流水人家"的意境。屋后的坡地上有一片高大的树林，枝繁叶茂，郁郁葱葱，正是纳凉的好去处。树林间安置着几只吊网，兴致上来，屈身其中，闭上了眼睛，身体的其他器官却伸出了长长的触角，感知着周围与平常不一样的世界。头顶树叶沙沙作响，偶尔还掺杂着几声鸟鸣。潮湿清新的空气笼罩着整个山林，身体感觉到了树枝的摇曳渐渐跟着摆动起来，那种熟悉而又早已陌生的感觉，让我又回到了无忧无虑的孩提时代。天下风景名胜多矣，少的是如此悠闲恬静的去处，却被我们无意间得到，岂不快哉？

山庄临湖一侧，专门搭建一观景平台，可赏湖面全景。一眼望去，碧波荡漾，山水一色。仰望四周山峰，雾气缭绕，亦幻亦真，平添一种远古、肃穆的意味。或许是那一种神秘勾起了我们一探究竟的欲望，于是我们几人相约同乘一快艇，驶离山庄，沿着湖边开始了探险之旅。

水库三面环山，水面因山势而曲折多变。一眼望去，水隐山后，山融水中。明明已被山峰挡住，可到近前，发现山脚凹洼处竟有一条隐秘的水道。水道本就狭窄，加之两旁草长林密，稍不注意，实难发现。小艇缓缓穿过水道，里面豁然开朗。呵，这里竟是一处"湖中之湖"。

这里的水泊四周都是翠竹林立，岸边垂下的草儿轻抚着水面，不管外面多么风大浪急，这里始终波澜不兴。而暗淡的天色，亦为这里平添了一份恬静与妩媚。若是划一叶轻舟在里面，岂不是浪漫至极？此时若是飘下一位仙女，恐怕我也是不会有丝毫惊奇的。

很快到了集合返回的时间。不知从何时起，天空又飘起了丝丝细雨，大家却浑然不觉，无人撑伞。湖边翠竹依旧在摇曳，仿佛在召唤着什么。一个声音隐约在我耳畔响起："青箬笠，绿蓑衣，斜风细雨不须归······"

再见，瓦屋山，我一定还会回来，那时的你又会以怎样的姿态迎接我呢？

与日俱进／陈联军

扬子江畔鹭归来／张桂安

柳巷东风老巷高　山连北固于连天　京口江山为天下冠　诗人墨客墨写

多会于此　登临纵目　耕耘风雅　播种斯文　名篇佳什　咏赞不绝　今逢

桃李东风梦齐雨

山连外固水连天

明时文脉彰显　颂者全市　倡导青山绿于新镇江　征稿活动无限

感奋旧兹书　永红先生联　共襄盛举　辛卯二月汤真洪跋并记

周永红　撰／汤真洪　书

十二月的林荫大道

文 靖

书架上摆着数枚双荚槐的果实，是上个月从山里带出来的，一同被我摘下的还有几颗圆圆的红豆子、三两片竹叶、几朵淡黄的茶叶树的花。

山，是被修饰了的荒山。原先只道是农校的实验基地，听说过无数次，擦肩而过无数次，也不以为然无数次。直到看见一组唯美梦幻的图片，终于怦然心动，再不去不行了。

十二月的天气，阴冷，朦胧。当车子弯进被我称作黑松林的山里时，我不免为旧日印象中所畏惧的山贼与恶虎哑然失笑，明明一处风景绝佳的江南胜地呀，于是内心雀跃不已，不满足与目不暇接的丛林灌木匆匆打个照面，急急下了车，恍惚又一阵眩晕，季节的模糊竟让我不知身在何处。

镇江风光／徐家定

这里是"江苏省苗木草坪草种质资源基因库",一块天然巨石上的红字告诉我。轻推木栅栏，随即被眼前的气势惊呆了。我很清楚，这是冬天，可我看到的是，齐踝高的青草，蓊蓊郁郁，绵绵延延，如缠在板上的绿色绸缎，从高处层层铺展开来；又如那见不到尽头的绿浪，从我脚下的山上开始，顺势卷向山下，又从谷底转弯，浸淫漫上另一个山坡……来这里

的人戏称此为"林荫大道"，果真不假。忍不住"老夫聊作少年狂"，大笑着打个滚吧，一直滚到山下——担心会吓到闲庭信步的松鼠、灰兔；那就跑吧，刚刚张开手臂，发现山下拐上来一群人，红男绿女，不疾不徐，私语喁喁，巧笑漫言。顿觉这山里安静得像在面壁打坐，鸟儿呢，都午睡了吗？遂生生作罢，移着莲步，做淑女。

林荫大道的两边，分别有一小块的双荚槐。向阳的一边结了许多果实，一条条的，垂挂着，碧绿饱满，有一种环佩叮当的错觉；面阴的，则还在开花，鲜嫩的黄色，朵朵明亮可人。我大言不惭要求拍一张"人比黄花瘦"，总算如了愿。

一路走，仿佛一路下滑，那是心灵在自由地驰骋。出了一点儿太阳，有什么跟着一点一点释放。山坡有一处类似芦花的植物，不是水里的那种芦花，摇两下便四下飘落，沾满衣裳；这里的一丛丛栽在旱地里，比一般的茅草又要大许多，依山而上，穿过树林的微弱的光线，照得芦花通体金色，到发白，不可见，一片山坡如一幅隔世的画面。

转到树林里。地面落了厚厚的松针，踩上去软软的，很怕底下有居住的动物世界，还是在石板上走着踏实。抬起头，天空被划成了巴掌大的一块一块，树那么高，直耸入云，我是在哪一头？很多不认识的树，我要踮着脚去看解说牌，于是许多梦里梦外的名字又从山间流泻，一棵树，一个生命，刹那芳华，以臻永远。几颗小红豆是在这里采摘的。我无意打扰这一片宁静，只是很爱很爱的时候，据

我的岗位／石小刚

为己有可能是一种安慰。所以看到矮竹林，又小心摘了几片竹叶，我都仔细看了，其实没有一片叶子是完美无缺的。

出去的时候，我呆望着道路两边的水杉树，因避让一辆校车，慌乱中跳过了路边的水沟，进退不得，只好一脚跨上去。微微的香气，若隐若现。放眼所见，不过是一垄垄的茶叶树，无处有芳菲，何故香尘起？原来是茶叶树开花了。茶树棵底下，藏着一朵朵淡黄的小花，和桃花很像，只是没有桃花的颜色而已。于是不停地感慨，十岁就采过茶叶的我，至今不曾见到茶叶树开花呀。先生解释："茶农是不希望茶树开花结果的，不仅消耗养分，还会降低产量……"

坚守／罗勇

　　走出黑松林之时，暮日西斜，人家皆在青烟里。林荫大道，像极了一个梦。

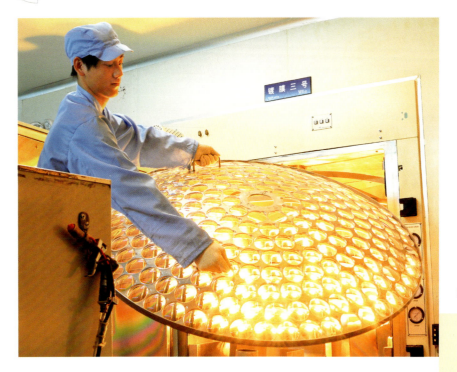

丹阳，隔一江水读你

钱 素 琴

江之隔。你在江南，我在江北。

读你，念你，梦里丹阳，雾里丹阳。过润扬，青山锁薄雾，绿茵润眼眸。隔一层薄纱看你，丹阳，你是一幅山水，同封缸酒一样醉人。拨开纱帘，近你，季河桥下的镜面，没一丝波澜。那该是季子的待客之道？走过季河桥的人，是有福之人。一阵轻风，轻轻地拥着过桥人。那浅水处的一撮芦苇，如竹。又一阵轻风，吹响了竹竿里的清音。

小小太阳，画在丹阳的天空。薄雾散去，又见青山。青砖，小瓦，飞檐。一幅山水，喷墨而泻。历史的风骨。季子，孔子，诚信于斯。拜谒季子庙，心轻了，轻如庙前的那一炷青烟。这份轻，这份银针落地的轻，一切不用言语，只用耳朵，静静地听。

那一株辛夷，独自在风中绽放。人倚花，花容羞池镜。一个道士从旁侧的寺庙走出，这才让过桥人醒来，多少梦幻，醒来，身轻如幔……

野藤侵沸井，山雨湿苔碑。抛开自然、地质等相关因素，更情愿在那三清三浊的沸井中寻一些故事来。火热的唇，冰凉的水，一口，两口……谁倚井栏笑？那笑声入泉，莫非也续了前世的缘！

一杯黄酒入胃，暖暖。桃红醉东风，那是丹阳的景。执笔，抒一首情歌；着墨，画一幅春晓。一把折扇摇摆着三千载的古韵。且慢，且听，谁的十指弹响了这天籁之音。回眸，一声汽笛划破夜空。丹阳，明月照浪花，浪花弹响了行人心中的琵琶。

最美是家乡／朱中国

丹阳石刻

张
正

仪征博物馆藏有一只汉代石虎，长 1.60 米，高 1.50 米，宽 0.50 米，重约 1.5 吨。此石虎被称为"镇馆之宝"，据说是继霍去病墓前石刻后，全国第二次发现的汉代大型石刻。陪同以丹阳作家为主体的镇江作家代表团参观仪征博物馆，作为东道主之一，我却产生了害羞的感觉。因为之前一天，我应邀参观丹阳石刻，刚刚体验过一次心灵的震撼。我不懂得文物的价值，也不懂得石刻艺术，但仪征的石刻，包括这只石虎，无论数量还是体量，与丹阳石刻肯定是没法比的。

丹阳人很会待客，大概怕我们一下子接受不了，受到惊吓，先带我们看三城巷石刻，在心理上给我们一个缓冲过程。三城巷有齐明帝萧鸾兴安陵、梁文帝萧顺之建陵和梁武帝萧衍修陵三座陵墓。目前，我国已发现六朝陵墓石刻共 31 处，其中丹阳有 11 处 26 件。石刻，成为丹阳得天独厚的文物资源，不但是国宝，而且是国宝中的精品，其艺术价值可以和同时代的北魏云冈石窟、龙门石窟相提并论。兴安陵现有石刻两件，北为天禄，肢体残断，仅存部分前驱；南为麒麟，四足全失，身长 3.02 米，残高 2.70 米。梁文帝建陵神道进口两侧陈列的石兽、石柱等石刻，也无不造型

家园 / 朱鹏举

雄伟，线条简朴有力、流畅生动，显示了
古代精湛的雕刻艺术。天禄和麒麟，是丹
阳境内最壮美的石刻，存有多处。这是孤
陋寡闻的我在仪征闻所未闻、见所未见的。
丹阳，是南朝齐、梁两代帝王的故里，素
有"江南文物之邦"的美誉。

　　我们随后参观了暂存于华莱士公司
和马相伯小学的近 8000 件石刻藏品，那
才是叹为观止的震撼。在华莱士厂区内，
先看到摆放一地的石马、石羊、石狮、
石猴、石础、石盆、石缸等，已经惊叹
不已，迷恋得迈不动步子。主人招呼：
精品还在室内！赶紧跟过去，几屋子的
石人像、石菩萨、石罗汉等，又大开了
我们的眼界。我们以为已经看完了，已经
看尽了石刻的精品，殊不知仍是冰山一角。

到了马相伯小学，我们才知道更加雄伟瑰丽的石刻藏品在这里。这里的碑刻，无不是庞然大物；这里的动物石刻，有常见的马、狮、虎等，还有来自云南的一对大象；这里的人物类型也丰富多彩，无不栩栩如生。和华莱士公司一样，这里也有室外、室内好几处存放点。这些石刻不是现代复制品，它们从西汉到民国，差不多是一大部多姿多彩的"通史"。许多石刻堪称精品，尤以霍去病墓前的一只石马最为珍贵，属于国宝级的文物。

拥有这批石刻，丹阳人应该感谢那位叫吴杰森的加拿大籍华人，正是这位富有传奇色彩的吴先生，耗去数亿元巨资，耗去毕生的精力，从全国各地收藏了这些石刻，又无偿捐赠给丹阳人。

这一份馈赠太厚重。无论是保存好还是利用好这份馈赠，丹阳人都责任重大。丹阳人正在筹建全国乃至亚洲最大的石刻艺术博物馆。

这些石刻，上面虽然没有一件刻有"吴杰森"的名字，但因为吴先生的所作所为，每一件石刻上又都刻有吴杰森三个字，吴先生的精神会不朽。丹阳人会记住他，研究石刻艺术的专家会记住他，每一位看到这些石刻的游客也许都会记住他。石刻带给丹阳人的，不仅仅是一份馈赠，还是一份丰厚的文化旅游资源，是一份刻在石头上的同样"不朽"的历史文化与视觉艺术，这些石刻必将牵动无数关注的目光，吸引无数纷至沓来的脚步。

我知道丹阳的老陈酒，知道丹阳的"眼镜城"，甚至知道丹阳在农业文明年代一度闻名的大白猪种苗，丹阳不仅仅有这些，我刚刚又认识了丹阳的石刻。我相信，迟早一天，会多出这样一句流行语：到丹阳，不看石刻，等于没去。

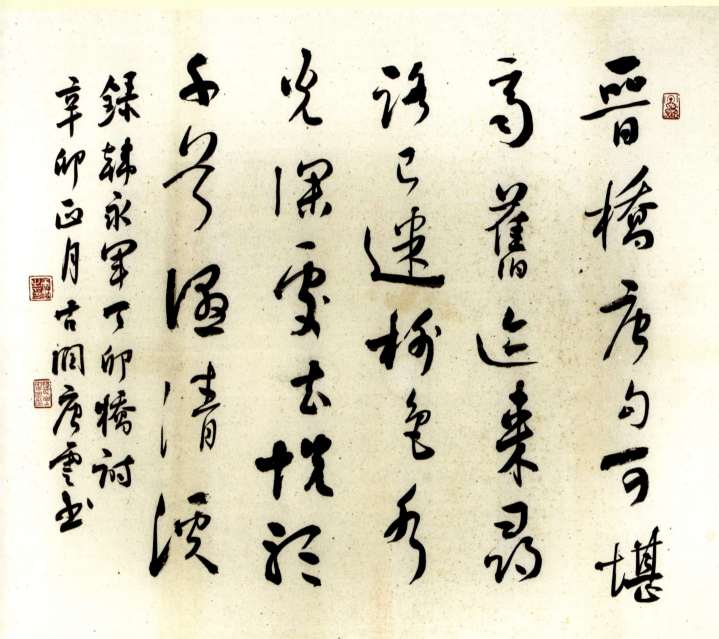

晋桥庐句一可堪
高旧运来弱
诗弓运极色秀
光深云去悦
禾弓风清渡

录韩永军丁卯桥诗
辛卯正月古闽彦云书

韩永军 诗／唐云 书

纽 带

王 文 咏

一

百个人眼中就有一百个哈姆雷特，因为理解不同。

扬中的大桥，我该怎么理解你？

蓝天白云之下，碧波荡漾之上，一岛五桥赫然耸立在长江之上，扬中人为此倍感自豪。"一岛五桥"，天堑变通途，让孤岛与世界紧紧拥抱。作为见证大桥的扬中人，我们怎能忘记，建桥之前，每逢狂风暴雨，或遇大雾弥漫，舟楫挂桨，渡口封闭，扬中就成了与世隔绝的"孤岛"，只能望江兴叹。但是，扬中人不甘自我封闭，不甘就此罢休，只要想办的事情，就一定要全力以赴，这滔滔江水又岂能挡住小岛迈向大世界的步伐？扬中人深深地理解一座四面环江的城市该如何与外界联结，因为他们曾饱受困于孤岛的彷徨和无奈，于是充满智慧的扬中人想到了要为长江架一道彩虹。面对困难，扬中人没有示弱，千方百计筹措资金，不遗余力聘请专家设计方案，他们的铮铮誓言掷地有声——扬中一定要建自己的长江大桥！

1990年，扬中长江大桥建成的消息传来，人们欢呼雀跃，奔走相告。扬中长江大桥的建成是一个历史性的奇迹，她是静卧在长江之上的巨龙，作为扬中人，我们不能低估她的地位。她完全是靠当年28万勤劳、善良的扬中人自筹资金建成的。扬中，她出身平凡，但成绩非凡；地方不大，但胸怀宽广；时间不长，但变化快。昨天，还是一块水中沙洲，今天，已是一座现代化的都市。岛狭心阔，人寡志众，扬中人

终于凭着"自力更生、众志成桥"的精神实现了扬中人祖祖辈辈的"大桥梦"，结束了扬中"百年孤岛"，凭借舟楫方能登陆的历史，开创了扬中对外交通的新纪元。

沧海桑田的变化也充分印证了当年建起扬中长江大桥是扬中市委、市政府的英明决策，也为今后几座大桥的建设坚定了信心。"十五"期间建造的二桥，主要针对长三角苏南腹地，全面跟上苏、锡、常、上海等大都市的经济圈。二桥的建设，使得扬中的经济迈上了又一个新台阶。

"十一五"期间又兴建了两座泰扬过江通道，横穿整个扬中岛，东连苏北泰州，南接镇江大港，整个大桥为高速大桥，"江心跳板"升级为"长江走廊"，开辟了扬中境内高速公路交通新纪元，结束了扬中无高速的历史，完善了扬中交通体系。如今，算上横跨夹江的西来幸福大桥，一岛

钢铁巨龙／刘战胜

亲子运动会／胡荣生

乐在其中／曹乃荣

五桥的交通优势已经凸现，大桥成为促进扬中经济增长的助推剂。

扬中，虽然与一些大城市相比只是弹丸之地，但是，这个城市是用钢筋水泥构筑而成的，是用33万颗激情昂扬的心聚集而成的。扬中，她跳动着世界的脉搏，而扬中的大桥就成了联结世界的纽带，她像一块磁石，吸附着无数人的梦想，让他们为这座城市筑巢引凤。

扬中是谁的？是国家的，也是人民的，更是寻梦者的。扬中一岛五桥圆了国家的梦，圆了人民的梦，圆了寻梦者的梦。

大桥是热烈的、奔放的，也是谦虚的、含蓄的，她像一坛老火煲出的靓汤，也是一罐激情飞扬的可乐！

你听哟，奔流的扬子江水正在大桥下唱着欢乐的歌，余音袅袅，向着四面八方飘远、飘远……

田云龙 撰／李山泉 书

谈及河豚，妇孺皆知。长江中可食用鱼有千万种，数河豚、刀鱼、鲥鱼最鲜美，称之为"长江三鲜"，而河豚冠为"三鲜"之首。

河豚味之鲜美，无与伦比，令人垂涎，而且营养和药用价值极高，具有暖胃、补虚、美容、健脑、养心滋补、增进免疫功能之功效；但河豚含有剧毒，鱼中之最，如果加工不慎，食者当场致死，素有"拼死吃河豚"之说。宋代大文豪苏东坡不仅留下"竹外桃花三两枝，春江水暖鸭先知。蒌蒿满地芦芽短，正是河豚欲上时"的精彩诗篇，还有品尝河豚时发出的"值得一死"的赞叹。著名诗人梅尧臣更是直白："河豚当是时，贵不数鱼虾。"古人的优美诗句不仅道出河豚之鲜美，还表明他们嗜食河豚。

江水环抱的扬中岛人自然与江鲜尤其是河豚结下了不解之缘。占天时，得地利，更兼人和，近十年来，扬中精心培育江鲜美食文化，勇于当先，打响"河豚"牌：

河豚美食因扬中而独特，扬中因河豚美食而成名。

请到中国河豚岛来

叶锦春

"扬中河豚甲天下"，这句流传最广、影响最大的广告语，已成为海内外美食家的共识。

是么？是的！

专家称，凡谓之美食，必须原料精美、厨艺精湛。就此，扬中得天独厚。在这里，你既可品尝到天下最鲜美的河豚，又可确保万无一失。

扬中河豚丰腴精美。河豚是一种洄游性的鱼，原本生活在海洋，每年春天来到长江中产卵。如果刚进长江，其肉质品位只是一般般；如果过了扬中进入焦山地区就不再进食，产卵了，此时肉质松弛，品位也差。而扬中地域距入海口200多公里，有120公里的江岸线，江面宽阔，水流平缓，饵料丰富。溯江而上的河豚一路寻觅江水中的小鱼、小虾、贝壳，到这里时食物链已经发生了根本变化，这时的河豚肉质鲜嫩，脂肪丰富，口感特别好。独特的水域环境造就了扬中河豚的品质鲜肥，弥足珍贵。

至于烹饪，扬中人更擅长。初上扬中岛居住的是渔民，包括河豚在内的江鲜菜肴原本是他们赖以生存的主要食品，几乎人人都能露一手，做上几道精美的江鲜菜。经过数百年的进化和发展，扬中厨师掌握了独特的

绿岛长虹／王中明

河豚烹饪秘技。例如，扬中厨师对河豚进行无毒化处理，使河豚所有部位包括"河豚肝"、"河豚籽"都能食用，素有"河豚不毒扬中人"之说；改变河豚脂肪炸油的常规烧法，采用河豚肝与小榨豆油一起熬制直接烹调，增加了河豚的美味；选择本地产的嫩燕竹笋、秧草与河豚同煮，将河豚美味发挥到极致；还有，河豚烹饪法多达数十种：红烧河豚、白汁河豚、凉拌河豚皮、河豚烧竹笋、河豚烧秧草、河豚烧老蚌、河豚刺身、西施乳等等，真可谓品种繁多，各具特色，鲜美绝伦。

竹柳朱行拾細晴光描榫里

江河倒海沖開烟波出陽天

祝亞星撰 柳隄園 辛卯春 郭庵俊書

祝亚星 撰／郭廉俊 书

　　如今，请你别担心错过春季就
尝不到河豚佳肴，在扬中，春、夏、
秋、冬一年四季天天能吃上美味的
河豚，因为扬中河豚大师们怀有烹
饪绝活。

　　来吧，请到"中国河豚岛"来！

忙碌的早市／吴猛

"青山绿水新镇江"
全国诗联大赛优秀作品

镇江新咏

州扬中外大名，历物换朝移，依然是临江重地，沿海要津，
况逢盛世，启南城北水工程，更铺开生态蓝图，和谐玉轴；
邑厚人文胜迹，劝远朋近友，莫耽谈留带东坡，娶亲玄德，
且向高楼，怀把盏吟诗兴致，快收揽金山秀丽，招隐清幽。

——卜用可

碧玉青罗，二水浮来千古韵；
丹霞翠羽，三山簪出四时春。

——魏艳鸣

竞秀以清嘉，多景纷呈，真水真山千古韵；
拔新而崛起，群贤毕至，宜居宜业一城春。

——蒋东永

皓月当空，看白帆踏浪，碧玉浮江，潮平两岸雄吴楚；
春风拂地，染翠竹千竿，杜鹃万朵，绿满一城耀古今。

——高 扬

塔映水中，城处山中，山青水绿古城美；
江流天外，港通海外，海阔天空大港新。

——严金海

题南山招隐寺飞云阁

韩永军

一阁衔云，好留高隐千秋驻；

群峰举日，相伴大江万古流。

伯先公园

吴亚卿

大好头颅拼一掷；

无边风景足千秋。

望金山

程越华

岚影如拳大，江潮信可移。

一从传水漫，千载妇孺知。

应"青山绿水新镇江"赛事作

蔡厚示

京口名城古，濒江气概雄。

航行南北运，山色有无中。

《文选》思萧统，豪词忆稼翁。

金焦留盛事，多景日升东。

夜观焦山碑林

眭涛

岚锁江峰苔阁熏，山花林樾沁氤氲。

兴来秉烛古碑下，立尽疏星带晓云。

赴梦溪园思沈括

汪 洋

漫道玑珠倾泰西，生花笔底自虹霓。
无端却为诗心苦，一路潺湲到梦溪。

咏镇江

李俊和

横亘长江纵亘河，锦山绣水漾春波。
纵它阆苑三千景，不及南徐一半多。

过承仙山庄

戴永兵

清波劈浪小舟斜，水曲烟深老易家。
秀色初开三面景，画图漫卷一天霞。

镇江颂

谷万祥

威名自古镇江流，骄若涛间碧玉浮。
梦引才人垂史册，魂牵义士举吴钩。
千年文脉西津渡，满眼春光北固楼。
北水南城夸第一，当今俊杰展新猷。

移家阳光世纪花园

徐 徐

廿年寒舍几移迁，城北营庐别有天。
金谷平泉红润雨，池塘春草绿浮烟。
六朝山色横窗底，万里江涛拍枕边。
明月清风谁问价，等闲诗酒好流连。

镇江焦山俯瞰

胡迎建

缆车载我渡江来，小立山巅亦快哉。

风拂林梢寒鸟语，日斜塔影落楼台。

潆洄汊泊扁舟蚁，浩荡波浮翠玉堆。

羡煞高人归隐处，自由身有白鸥陪。

青山绿水新镇江

刘紫柯

形胜东南自有名，天人合一费经营。

山川秀美无双地，文史汪洋不二城。

起伏青峦三面绕，萦环绿水四时明。

云回路转如相引，鱼跃鸥飞似竞迎。

翠叠围屏开列巇，霞横高阁丽飞甍。

迷濛绿暗芙蓉雨，的烁花开江岸晴。

鸥影近连云栈影，潮声遥递寺钟声。

行人赞美居人乐，满是诗情与画情。

京口招隐山

陈忠平

山偏即招隐，何必更崔巍。

林出紫檐角，磴披青藓衣。

琴心悬壁古，花影簇烟微。

绝好读书地，王孙去不归。

临江仙

尹国庆

北固金焦形胜地,浪波吐纳风云。潮声月色合销魂。江山千古秀,花鸟四时新。　多景楼头初纵目,南郊佳气氤氲。层林染翠郁芳春。吟边无限意,慷慨付清芬。

临江仙　西津渡幽思

杨　敏

欲向湖山寻旧识,天风寥落星辰。依稀江上往来人。斜阳沉塔影,归鸟带云痕。　灯火西津犹隔世,长歌梦里相闻。深苔暗瓦掩重门。千年余一眼,烟雨正纷纷。

临江仙　游滨江风光带

朱圣福

北固湾边新景,游人接踵摩肩。风筝飞处走云烟。方亭人共坐,指点说当年。　一路驱车观罢,犹浓兴致如酣。听江楼上拍栏杆。长廊诗画赏,山水聚心间。

永遇乐　晨登北固亭，步稼轩韵

星 汉

心向雄奇，天涯行遍，今在何处？北固山前，南徐城外，目送长江去。一轮红日，千层白浪，商略巨浸同住。晓风吹、群峰碧透，直如卧龙飞虎。　　囊锥露颖，这般时代，何必茅庐三顾。楚尾吴头，淮南江北，都是康庄路。不须嗟叹，不须疑忌，励我涛声如鼓。抒襟抱，重挥大笔，稼轩醒否？

贺新郎　京口观海楼梦思

丁 欣

水击三千里。到沧溟、云垂海立，壮人豪气。骑得长鲸飞响箭，绝壑老龙惊起，晃万点、灵光相戏。九万里风犹未老，送遮天羽翼成高会。还待我，为梳理。　　梦回顿下鲛人泪。枉思量、东山诗酒，琼崖舟子。如线霓虹如钩月，巨鳌何时能掣？广陵客、波涛难记！未见叩舷狂歌者，见容容云色而来矣。伤碧树，叹如此。

水调歌头　京口北固山远眺

王庆农

扬子涌天际，北固峙江流。遥看如蚁如蛇，列队过千舟。隐隐澄岚翠霭，处处青山绿水，万树掩平畴。何处最诗意，飞鹜掠苍洲。　　霜染鬓，秋未老，再登楼。江山如此，当年豪杰话孙刘。仿佛金戈铁马，绰约吴风楚韵，顷刻注心头。放眼新图画，与你共吟讴。

索　引

《禅云沐金山》
——向英
006 页

《南山雪霁》
——唐艳
009 页

《小九寨》
——杨翠萍
010 页

《南山晨雾》（组照 1）
——何克
011 页

《夕阳伴归》
——刘瑜
017 页

《低碳婚礼更时尚》
——宋建设
018 页

《工地》（组照 1）
——黄龙宝
020 页

《满城尽飘国旗红》
——石小刚
022 页

《反差》
——孙悦萌
025 页

《南山晨雾》（组照 2）
——何克
026 页

《城市山林》
——杨宪华
028 页

《南山晨雾》（组照 3）
——何克
033 页

《性空世界》
——武正立
034 页

《画中游》
——孙薇
035 页

《金山你好》
——柴樵
035 页

《锦绣镇江》（组照 1）
——梁家合
036 页

《龙舟竞赛金山湖》
——叶钟
038 页

《金山红外》
——谢戎
040 页

《金山传说》
——唐艳
043 页

《荷香溢满庭》
——于桂兰
045 页

《镇江音乐节》（组照 1）
——谢戎
052 页

《建设中的京沪高铁》（组照 1）
——吴呈昱
054 页

《建设中的京沪高铁》（组照 2）
——吴呈昱
054 页

《礼花》
——张苏生
055 页

《古街印象》
——诸培培
055 页

《梦寻西津渡》
——蓝建民
057 页

《西津渡素描》
——蓝建民
058 页

《金山寺细节》
——刘引华
062 页

《曲径通幽》
——曾新民
066 页

《亲近自然》
——钱春霞
067 页

《建设中的泰州大桥》（组照1）
——王辽安
070 页

《惠龙港之晨》（组照1）
——柳田兴
071 页

《西津渡遗韵》
——陈龙云
072 页

《雨中西津分外娆》
——方建良
073 页

《传统与现代》（组照1）
——何克
075 页

《古渡摇滚夜》
——龚胜
076 页

《古韵风情》（组照1）
——李茁
078 页

《古宅小孩童》
——朱立新
081 页

《放飞的心》
——金晶昕
083 页

《古韵风情》（组照2）
——李茁
088 页

《古韵风情》（组照3）
——李茁
089 页

《鹅司令》
——王方
090 页

《印象西津渡》（组照1）
——何克
092 页

《印象西津渡》（组照2）
——何克
094 页

《印象西津渡》（组照3）
——何克
095 页

《印象西津渡》（组照4）
——何克
096 页

《印象西津渡》（组照5）
——何克
097 页

《归》
——王镇容
098 页

《欢乐颂》
——陈墨
098 页

《去过》
——史琳凌
102 页

《锦绣镇江》（组照2）
——梁家合
105 页

《千古风流甘露寺》
——张正祥
106 页

《晨光里》
——杨巧云
108 页

《追逐曙光》
——于桂兰
116 页

《传统红木工艺》（组照 1）
——高俊
117 页

《传统红木工艺》（组照 2）
——高俊
117 页

《传统红木工艺》（组照 3）
——高俊
117 页

《传统红木工艺》（组照 4）
——高俊
117 页

《传统红木工艺》（组照 5）
——高俊
117 页

《传统红木工艺》（组照 6）
——高俊
117 页

《晨练路上》
——王永建
117 页

《秤的制作》
——刘凤霞
117 页

《大爱镇江》（组照 1）
——石小刚
117 页

《大爱镇江》（组照 2）
——石小刚
117 页

《大爱镇江》（组照 3）
——石小刚
117 页

《传统与现代》（组照 2）
——何克
117 页

《传统与现代》（组照 3）
——何克
117 页

《传统与现代》（组照 4）
——何克
117 页

《镇江音乐节》（组照）
——谢戎
124 页

《摇滚的心》（组照）
——尤宁
124 页

《集结——长江迷笛音乐节》（组照）
——王跃国
125 页

《音乐迷》（组照）
——王念约
125 页

《四季焦山》
（组照 1）
——方建良
126 页

《四季焦山》
（组照 2）
——方建良
126 页

《四季焦山》
（组照 3）
——方建良
127 页

《四季焦山》
（组照 4）
——方建良
127 页

《深渊秋色中》
——杨殿良
131 页

《拓古碑》
——王念约
133 页

《镇江·塔》（组照 1）
——谢戎
136 页

《镇江·塔》（组照 2）
——谢戎
138 页

《锦绣镇江》（组照 3）
——梁家合
139 页

《镇江·塔》（组照 3）
——谢戎
141 页

《镇江·塔》（组照 4）
——谢戎
142 页

《南山晨雾》（组照 4）
——何克
144 页

《金山小景》
——蒋春莲
146 页

《南山秋色》
——柴樵
150 页

《春天的故事》
——卞恒庆
152 页

《南山晨雾》（组照 5）
——何克
154 页

《瑞雪兆丰年》
——方建良
160 页

《浇铸》
——李新玉
170 页

《老屋门前留个影》
——文雯
171 页

《瑞雪祥和》
——赵国华
176 页

《晨练》
——王念约
178 页

《家园》
——方建良
179 页

《酒的传奇》
——张群
180 页

《建设者》
——何克
184 页

《建设中的泰州大桥》（组照 2）
——王辽安
185 页

《新区窗口》
——史卫
189 页

《窗内窗外》
——应文魁
190 页

《打工妹》
——王念约
190 页

《城铁成长日记》
——束剑竑
190 页

《城铁进行时》（组照 1）
——陈岗
191 页

《城铁进行时》（组照 2）
——陈岗
191 页

《城铁进行时》（组照 3）
——陈岗
191 页

《城铁进行时》（组照 4）
——陈岗
191 页

《城铁进行时》（组照 5）
——陈岗
191 页

《城铁进行时》（组照 6）
——陈岗
191 页

《城铁进行时》（组照 7）
——陈岗
191 页

《城铁进行时》（组照 8）
——陈岗
191 页

《古宅余晖》
——姜明灯
193 页

《古韵风情》（组照 4）
——李茁
194 页

《湿地霞光》
——柴樵
199 页

《高铁时代》（组照 1）
——任德发
200 页

《高铁时代》（组照 2）
——任德发
200 页

《高铁时代》（组照 3）
——任德发
200 页

《高铁时代》（组照 4）
——任德发
200 页

《高铁时代》（组照 5）
——任德发
200 页

《城市美容师》（组照 1）
——赵国华
201 页

《城市美容师》（组照 2）
——赵国华
201 页

《工地》（组照 2）
——黄龙宝
201 页

《工地》（组照 3）
——黄龙宝
201 页

《惠龙港之晨》（组照 2）
——柳田兴
201 页

《古渡晨韵》
——朱伟民
204 页

《老街的早晨》
——何克
208 页

《银装素裹》
——糜如平
212 页

《信徒》
——朱立新
214 页

《鸟的天堂》
——张桂安
225 页

《与日俱进》
——陈联军
228 页

《扬子江畔鹭归来》
——张桂安
228 页

《我的岗位》
——石小刚
232 页

《坚守》
——罗勇
233 页

《眼镜之都》（组照 1）
——张群
234 页

《眼镜之都》（组照 2）
——张群
234 页

《钢铁巨龙》
——刘战胜
243 页

《亲子运动会》
——胡荣生
244 页

《乐在其中》
——曹乃荣
244 页

《忙碌的早市》
——吴猛
249 页

《长虹跨南北》
——任国卿
250 页

《城市山林》
——廖松涛
001 页

《金山湖晨曲》
——欧知力
002 页

《静河塔影》
——孙炜
005 页

《招隐听鹂》
——孙春和
008 页

《竹林幽境》
——贾玉书
013 页

《晨》
——唐和林
016 页

《避暑山庄·天池》
——耿一林
031 页

《金山瑞雪图》
——王小军
037 页

《江中浮玉》
——周民礼
040 页

《运河春晓》
——熊招华
048 页

《三思桥》
——常卫平
051 页

《金山湖畔》
——汤新盛
053 页

《读书台》
——林长俊
060 页

《城市山林》
——杨雷
064 页

《西津新韵》
——高素兰
074 页

《暮色中的蒜山》
——王治
082 页

《古渡新韵》
——郑为人
086 页

《西津渡》
——马宝琨
100 页

《江山如画》
——林长生
110 页

《北固风光》
——朱洪武
111 页

《北固山色如故》
——陈立军
113 页

《金山夜色》
——徐纪寅
114 页

《湖光泛春意》
——邰屹
114 页

《金山》
——丁悦
114 页

《古刹新韵》
——马智春
114 页

《老山门》
——张坤
115 页

《彼岸有清香》
——赵建平
115 页

《寂地》
——许乃廷
115 页

《金山湖》
——卞美岗
116 页

《御碑亭》
——李松
116 页

《世业洲》
——徐飞
116 页

《憩》
——姜松平
116 页

《西风残照甘露寺》
——孙鸿鉴
118 页

《山水镇江》
——王宏彦
135 页

《江南春色》
——徐志敏 王
勇胜（合作）
148 页

《招隐读书台》
——庄岱辉
149 页

《逸居图》
——马宏峰
151 页

《南山烟云》
——余承善
156 页

《长山人家》
——丁建中
162 页

《桂子飘香》
——蒋红顺
165 页

《南山秋意》
——解荣新
168 页

《秋》
——潘金喜
172 页

《江洲老宅》
——张忠云
182 页

《圌山图》
——戴宁
187 页

《生态大道南徐路》
——袁茂林
196 页

《瑞雪圌山图》
——王月中
211 页

《茅山新姿》
——蒋元生
220 页

《秋路》
——侍继进
223 页

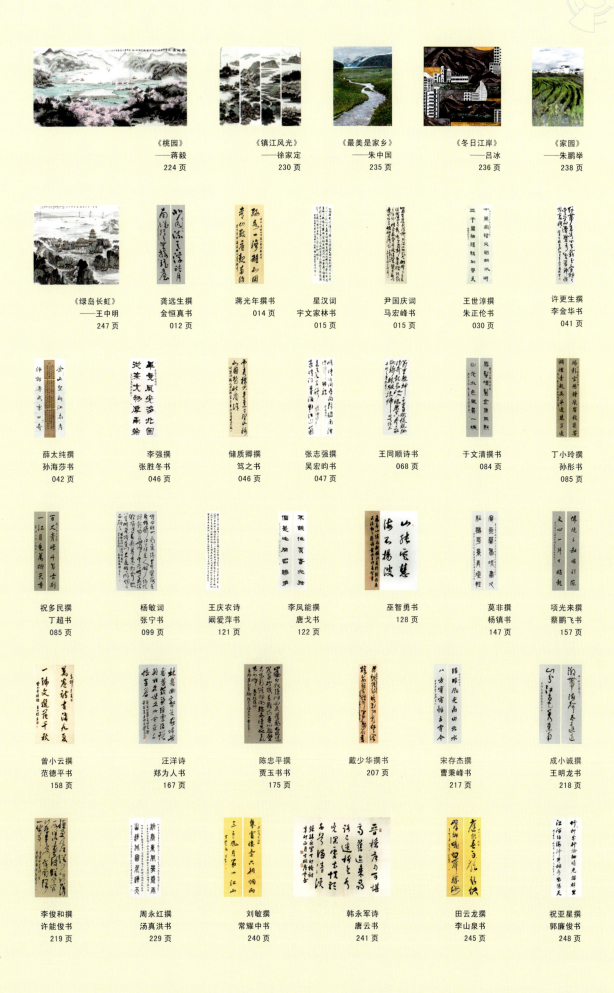

《桃园》
——蒋毅
224 页

《镇江风光》
——徐家定
230 页

《最美是家乡》
——朱中国
235 页

《冬日江岸》
——吕冰
236 页

《家园》
——朱鹏举
238 页

《绿岛长虹》
——王中明
247 页

龚远生撰
金恒真书
012 页

蒋光年撰书
014 页

星汉词
宇文家林书
015 页

尹国庆词
马宏峰书
015 页

王世淳撰
朱正伦书
030 页

许更生撰
李金华书
041 页

薛太纯撰
孙海莎书
042 页

李强撰
张胜冬书
046 页

储质卿撰
笃之书
046 页

张志强撰
吴宏昀书
047 页

王同顺诗书
068 页

于文清撰书
084 页

丁小玲撰
孙彤书
085 页

祝多民撰
丁超书
085 页

杨敏词
张宁书
099 页

王庆农诗
阚爱萍书
121 页

李凤能撰
唐戈书
122 页

巫智勇书
128 页

莫非撰
杨镇书
147 页

项光来撰
蔡鹏飞书
157 页

曾小云撰
范德平书
158 页

汪洋诗
郑为人书
167 页

陈忠平撰
贾玉书书
175 页

戴少华撰书
207 页

宋存杰撰
曹秉峰书
217 页

成小诚撰
王明龙书
218 页

李俊和撰
许能俊书
219 页

周永红撰
汤真洪书
229 页

刘敏撰
常耀中书
240 页

韩永军诗
唐云书
241 页

田云龙撰
李山泉书
245 页

祝亚星撰
郭廉俊书
248 页

后 记

　　为充分反映镇江近年来跨越发展的新成就，从 2010 年开始，在市委宣传部的领导下，市文联带领市各文艺家协会启动了为期两年的"青山绿水新镇江"文艺创作工程，先后与中国摄影家协会、江苏省文联等共同举办了西津渡杯·"青山绿水新镇江"全国摄影大展、"青山绿水新镇江"全国诗联大赛、"青山绿水新镇江"散文大赛和美术、书法创作活动，来自全国 20 多个省（市）的文艺家与我市广大文艺工作者一起，创作摄影作品 12000 多件，散文 200 多篇，诗联 3000 多首（副），书画 100 多幅。一系列创作活动获得成功，为本书的出版发行，打下了坚实的基础。

　　《青山绿水新镇江》一书内容丰富，是一本反映近年来镇江发展变化的纪实性文艺作品集，这些创作成果倾注了广大文艺工作者的心血和创造，也饱含了活动组织者的汗水和辛劳。该书的出版得到了方方面面的支持，在此，对所有参与创作的文艺家和参与活动组织的所有同仁表示衷心的感谢！对活动给予大力支持的镇江市西津渡文化旅游有限责任公司表示衷心的谢意！由于篇幅有限，未能将所有文艺作品进行收录，谨表歉意。由于成书时间较紧，难免有疏漏和差错之处，敬请谅解并予以指正！

　　谨以此书献给跨越发展中的新镇江，献给努力奋进的镇江人民！

2011 年 11 月